百部红色经典

政治的新生

高长虹 著

北京联合出版公司
Beijing United Publishing Co.,Ltd.

图书在版编目（CIP）数据

政治的新生 / 高长虹著. -- 北京：北京联合出版
公司，2021.7（2024.1重印）
（百部红色经典）
ISBN 978-7-5596-5090-0

Ⅰ.①政… Ⅱ.①高… Ⅲ.①短篇小说－小说集－中
国－现代 Ⅳ.①I246.7

中国版本图书馆CIP数据核字(2021)第030776号

政治的新生

作　　者：高长虹
出 品 人：赵红仕
责任编辑：夏应鹏
封面设计：赵银翠

北京联合出版公司出版
（北京市西城区德外大街83号楼9层 100088）
北京新华先锋出版科技有限公司发行
涿州汇美亿浓印刷有限公司印刷　新华书店经销
字数229千字　787毫米×1092毫米　1/16　14印张
2021年7月第1版　2024年1月第3次印刷
ISBN 978-7-5596-5090-0
定价：49.00元

出版前言

　　为庆祝中国共产党成立100周年，全面展现中国共产党成立以来中华民族辉煌的发展历程、取得的伟大成就和宝贵经验，集中体现中华民族的文化创造力和生命力，北京联合出版公司策划了"百部红色经典"系列丛书，希望以文学的形式唱响礼赞新中国、奋斗新时代的昂扬旋律。

　　本套丛书收录了近一百年来，描绘我国人民在中国共产党的领导下艰苦奋斗、开拓创新、改革开放的壮美画卷，充分展现我国社会全方位变革、反映社会现实和人民主体地位、弘扬社会主义核心价值观、讴歌中华民族伟大复兴中国梦的100部文学经典力作。

　　本套丛书汇集了知侠、梁晓声、老舍、李心田、李广田、王愿坚、马烽、赵树理、孙犁、冯志、杨朔、刘白羽、浩然、李劼人、高云览、邱勋、靳以、韩少功、周梅森、石钟山等近百位具有代表性的中国现当代著名作家。入选作品中，有国民革命时期探索革命道路的《革命的信仰》《中国向何处去》，有描写抗日战争的《铁道游击队》《敌后武工队》《风云初记》《苦菜花》，有描绘解放战争历史画卷的《红嫂》《走向胜利》《新儿女英雄续传》，有展现新中国建设历程的《三里湾》《沸腾的群山》《激情燃烧的岁月》，有寻找和重建民族文化自信的《四面八方》，也有改革开放后反映中国社会现状、探索中国道路的《中国制造》，同时还收录了展现革命英雄人物光辉事迹的《刘胡兰传》《焦裕禄》《雷锋日记》等。

本套丛书讲述了丰富多样的中国故事，塑造了一大批深入人心的中国形象，奏响了昂扬奋进的中国旋律。这些经历了时间检验的文学作品，在艺术表现形式、文学叙述方式和创作技巧等方面都具有开拓性和创造性，作品的质量、品位、风格、内涵等方面都具有很高的水准，都是有筋骨、有道德、有温度的优秀作品，很多作家的作品都曾荣获"五个一工程奖""茅盾文学奖""鲁迅文学奖""国家图书奖"等奖项。

为将该套丛书打造成为集思想性、艺术性、时代性为一体，展现新时代文学艺术发展新风貌的精品图书，北京联合出版公司成立了由出版界、文学艺术界的资深专家和学者组成的编辑委员会。他们从文学作品的历史价值、文学价值、学术价值、现实意义等维度对作品进行了深入细致的研读和筛选，吸收并借鉴了广大读者的意见与建议，对入选作品进行深入细致的分析与综合评定，努力将"百部红色经典"系列丛书打造成为政治性、思想性和艺术性和谐统一的优秀读物，向伟大的中国共产党成立100周年这一光荣的日子献礼！

目 录

政治的新生

向吾友子明致恳挚谢意

纪念法友 Paul Vaillant-Couturier

自 序

　　一九三四年在荷兰创办救国会，编印《救国周报》，于对日作战，略有陈述。一九三五年负责旅法救国会工作，一二八纪念日在巴黎创刊《中国人民报》，对民族总动员，有较具体的意见发表。同年夏秋旅行瑞士德国间，草《行动，科学与艺术》一书，分上下两部。上部论中国的民族意识形态，下部为国防政策。后译入德文，西友见者，不无重视。惟因种种缘故，除一二篇英，德译文零星发表外，全书终未公布。时间在历史的行程中飞行，速于飞机，转眼间已是一九三八之七月。此小册子正文，从六月写起，到八月初止，大半成于七月（发表于香港，广州，长沙，武汉的几种报纸）。为纪念七月，名之为《政治的新生》。

一九三八年八月八日，长虹

　　附录一，《途中之歌》，录其足资记忆者。附录二，为有关文艺，文化问题的近作零星文字。集中野营之歌，系闻德友 Witvogel 被捕时所作，后以德法译发表。德译出于友人 Anna Seghers 之手。一二八时所作之《苦力之歌》数段，曾由安那于集会中朗读者，则未收入。

八月九日，又识

用可胜之机，别忘匹夫有责[1]

从言论界看来，中国人民对于对日作战，已有必胜之念，这是非常可喜的事！因有必胜之念，才能用可胜之机。客观地，也可以说，惟其有可胜之机，所以才有必胜之念。

从忍耐到抗战，在中国人民，就已是一大胜利。抗战而能战术制胜，又是一大胜利。因为必须抗战，才能用可胜之机。而活用战术，就是已在用可胜之机了。再进是以战略制胜，以民众教育制胜，以政治外交制胜，以经济制胜。如能充分尽量地用了可胜之机，那末，"必胜"就可以由一念而转变成事实。

中国人民现在是不是已经在充分尽量地用可胜之机呢？从言论界看来，可以说还没有。不但没有，有很多的人还不知道怎样去用可胜之机，更有很多的人还不知道什么是可胜之机。

比如说：在未抗战以前，有人这样说，人民中的多数分子知道应该抗战，有了必胜之念，就好了，这是对的。现在如仍这样说，就不对了。有必胜之念的人而也贡献出自己一份的力量来于可制胜的事，还好，如把自己的信念只建筑在战场里，把"必胜"只依赖捐躯效命的前方战士，就不但不对，也是很危险的事。

又如，虽有可胜之机，而必胜仍然是有时间的条件的。有必胜之念，而以为现在就可有必胜的事，甚至以为好像已经得胜，敌人求和，这就是很有害的思想了。

又如，国际的外交阵容，现在正在转变中，转变成对中国有利的外交情势，很有可能。只看中国自己怎样去运用。如能充分尽量地去运用，成

---

[1] 本书收录的作品均为高长虹的代表作。其作品在字词使用和语言表达等方面均具有鲜明的时代特色。此次出版，根据作者早期版本进行编校，文字尽量保留原貌，编者基本不做更动。

立中苏，中法国防互助协定，完成国际的民主阵线，也不是不可能的。重要的是在于怎样去运用。不能够把这些问题委之于外交上负责的人们去考虑就算了事。看着苹果，不取来吃，就等于没有苹果。

内部的更紧密的团结，也有一样的情形。

时间最可宝贵。而惟努力可以节缩时间。

怎样就可以充分尽量地去用可胜之机呢？说来当然话长。而最重要的，就是必须促成这几个基本的主观条件：

一、民主政治，人才政府；

二、确立国防外交政策；

三、确立国防经济政策；

四、民众的教育，组织和武装，和武装民众之战略上的布置，——"难民"当然也包括在民众之内。

六月二十一日

需要民主政治和人才政府

远在十九世纪的时候，欧洲的大革命家已经讲到中国革命如何影响欧洲革命的事。可是，直到现在，中国人自己中，当估计到对日作战之最后胜利时，把世界大战的及时爆发也估计在里边的，还大有人在。

对日作战，是一件震动世界的大事。其所给与世界之影响几何？——对日作战，是革命，是革命的战争，其所以异于一般的战争者，因革命的战争是为保卫和平的。

世界的革命民众，保卫和平的人民，都同情中国，称赞中国，为中国作广大宣传。但我们如把这个当做是中国所给与世界的影响时，就不免过于自诩。我们宁可以说，中国的革命战争所给与世界的影响，还一点也没有。

对于世界外交的阵容吗？影响更是还谈不到的事情。

我们既不能够运用世界的外交形势，各国民众对中国的同情，就不免减少其影响本国对华外交政策的力量，有时候，反而引起其政府的嫉视。这种情形，不但在英国有，在法国更是这样。

因为我们不能够运用外交形势，所以就被外交形势关锁起来了。我们的外交活动，被关锁在一个狭笼里，便只有借款，买军火，和独唱。

因此，中苏，中法互助协定，经两三年之久，保留在国内的报纸，杂志中，作了前进分子之思想上的慰藉。

和平民主阵线呢？始终是若有若无。我们本来可以促成它，我们可以做它的主盟国或主盟国之一。但是我们没有这样做。

我们本来可以同苏联，同法国做成了知己朋友，患难之交，可是有时候又不愿意轻于失掉了德国，意大利那样的朋友，那样的交情，这样一来，我们就看见，苏联更谨慎，法国更踟蹰，连美国也更遥远，英国也更机巧了。

可是一切的一切，我们可以说：事情多，人手少，时候太急迫，忙不过来，没工夫……

那末，我们还有什么理由，不来乐观"国民参政会"之成，不来督促最近所传"政府改组"之成为事实呢？

中国在向着民主进军。

人才才是好宝贝，比金子，银子更值钱。

一鸣已惊人的鸟，现在在准备着一飞而冲天。

六月二十二日

从国民参政会做起

国民参政会，是到民主政治的跳板。

它是这个时代的最可爱的产儿之一。但它在时间上所占地位将不会很长。它必须跃进，它将转变而为一个更进步的组织体。

现在没有再来讨论国民参政会组织的成份的必要了。讨论它将，它必须，它应该转变为怎样一个组织体，才是较聪明的，有用的事。

这样的一个组织体，需要这样的一些成分，应该具有这样的几种原则性。

省区的原则性是应该注意到的。可是特别要注意到的是被占领的省区。当前的事实在这样要求我们。

汉，满，蒙，回，藏，……是应注意到的种族的原则性。合汉，满，蒙，回，藏，……而为中国民族。民族是一个历史行动的单位。

职业的原则性是非常重要的。政治不能够向着工人农民，士兵，小商人，艺术家，科学家，新闻记者关门。特别是劳苦大众，我们不但没有理由把他们摈之于民主之外，而且是没有他们，我们便没有法子实现健全的民主政治。

注重妇女，但不能忽略了劳动的妇女。

国防时代需要国防的民主政治，也在完成它。需要得越迫切，完成得越迅速。只有它才是集中人才的最经济，最周全的方法，也只有它才能够适当地，力学地运用人才。

政治之重要，不但在于建国，于抗战更是重要。抗战只是政治的手段之一。战略所不能解决的问题，只有用政治才可以解决。在战场上的形势相形见绌的时候，更需要用政治以取胜。政治可使退守变为进攻，转败为胜，给士卒以勇气，给将帅以自信心。政治可以减少牺牲，节缩时间，给最后胜利以保证。

政治，在抗战为眼目，是建国的指南。

只有民主才能够发挥政治的妙用，十九世纪是这样，二十世纪也是这样，而在中国现在，更是这样。只有实现民主政治，才能够真正地动员全民，才能够做到军事的动员，经济的动员，文化的动员，和中国所特别欠缺的，特别重要的政治的动员。

只有民主政治，才能够从根本上消灭了士兵和民众间的差别，使士兵成为武装的民众，民众成为后备的士兵，士兵在战场里执行民众的意志，民众在后方给士兵以物质上的给养，士兵保护民众，民众鼓励士兵，直到士兵和民众集体地发挥出抗敌救亡的战略上的作用。

士兵间的不贰的结合，民众间的不贰的结合，士兵和民众间的不贰的结合，才是最重要的防御工程，而为近代武器所不能撼动的万里长城。

所以要达到抗战建国的目的，必须先实现国防民主政治。

至于人才呢？当然，不是说资格要老，地位要高，实力要大，洋必须留过，笔必须挥来。人才当然需要经验，但成绩也不必是人才之惟一的表征。也不是说必须有专门研究的才算人才，当然专门研究是很重要的。人才也可以从实际生活里边征别出来。从某种生活范围里去征别某种实际人才，最切要。这样人才当可以捉住那种工作的内容，而发挥其有效性。当然他们可以有很多的缺点，但他们是远离形式主义的。工作上已有成绩的民运者们有许多事还必须向他们学习。专门的调查，也不如他们的活的经验，更具有科学上的真实性。他们需要别人帮助，但也可以帮助别人。何况是集体的行动，可以互见所长，互补所短。我们必须把政治上的潜在力量转变为实际力量。

这样就是说，国民参政会之进一步的组织形态，将是一种国防代表会议，一种初步的民主政治的组织体，而为中国人民所预约，抗战建国所要求，迫切需要所将促成之的。

六月二十六日

参政：做什么？

罗隆基先生在报上发表关于参政会的意见的谈话，很有意义。国民参政会的工作尚未开始，但对其本身工作而有这样认识的参政员，也不妨说这已是一种收获。

参政会还不是一个代表民意的机关，但它必须能代表部分的民意。它应当负起责任来给一般的舆论以具体化的机会。它不能以为发表一些建设的批评就算满足，而必须对于实际的政治给以推动，使它运动起来。它必须为民主政治做好了应有的准备工作。如做得更好的话，它也未尝不可以变成一个代表民意的非常机关。

改革政治机构，提高行政效率，是最切要的工作，也是参政会最迫切的任务。

正在需要政治，特别是高度效率的时候，有许多地方却都有"一窝蜂"的现象。好多人往一处飞，都做一样事，甚至把自己本来要做的事都丢开，放弃了自己特有的责任。这些人们很有理由为自己辩护，说，没有地方去，没有事可做。其实有很多地方堆满了闲人，有很多应做的事没有人去开创。有的是事缺乏人，有的是人缺乏事。

参政会要负起开创的责任来，为事找到人，为人找到事，于改革政治机构，提高行政效率的工作中，兼收人力的动员，人才之力学的运用之效。

军事委员会，比较地是最克尽厥职的了。从一般的作战计划到军队里边的政治工作，它都做了。但其他的主要机构，就不像它那样工作紧张，甚至鸦雀无声的也有。

有一部分行政机关，虽在非常时代好像也是很清闲的。甚至究竟做些什么事，人民都不容易知道。而有很多事一向被疏忽，现在却非常重要的，都还没有去做。经济部的设立，非常切要。但一样重要的如科学，艺术，也需要添设专部负责推进。科学除技术之直接有关经济建设者外，原则的科学也非常重要。加紧团结精神，甚至统一思想，离开原则的科学，便无法去做。艺术之煽动的力量，远过于一般宣传。歌唱电影，深入民间，更须加意经营，以广传布。

各部行政之缺乏确定的政策，责任之欠分明，都是急应改进的事。如外交部的工作是比较明朗的了，然而也嫌于缺乏坚强确定的政策，运用日夕变化之外交形势，树立世界的政治影响，敌友分明，以收"上兵伐谋"之效。所以有时候，外交上的发言，反大类宣传。经济部也缺乏具体计划和重要建树。当然这与财政有关。而财政本身更需要有特别办法，以应付这种非常局面。

机构改进，责任分明，政策确立，再从而提高效率，这样就政治清明，人尽为用，外结与国，内无弃财，胜败之数，不待于战场而可知了。如把这些工作，都责望于国民参政会去推进，那未免太过。"罗马"不是一天建造成的。但无论如何，它须做一部份，它也能够做一部份。

六月二十九日

寸土必争，抗战必胜的一个基本条件

保卫武汉之声，弥漫舆论界。武汉民众，更起来号召保卫运动，集议具体方法，积极进行。二十余万工人更是自告奋勇，愿能武装自己，保卫三镇。国民参政会召开第一次会口[1]，对此迫切之中心问题，当更能有所讨论，集思广益，而成具体的建议。

保卫武汉，不但在今日，其实，老早就应成为一最重要的问题，而加以讨论，以求确实，妥善之解决。因武汉之于中国，不但是经济中心，交通中心，而且也是最适宜的国防中心和国防政治的中心。即至今日保卫武汉，仍不能视作一个纯然军事问题，而必须在政治上，在文化思想上，去解决它，才是根本的和有效的办法。

保卫武汉！这是一切未武装和武装的民众所应共同负起来的责任。保卫武汉，不到半年之后，即使是暂时的战略上的撤退，亦不肯为，这又是直接负责保卫武汉的军事领袖们所应有的信念。

如果一切都能做到，然而保卫武汉，仍不只是一个武汉问题。即以今日而论，有效地保卫武汉，必须保卫江西，保卫安徽，河南，乃至保卫广东，福建，保卫陕西。而目前焦急，火热的马当，彭泽，潜山，太湖之争夺，尤不只是军事上的得失问题，而与政治，战略有血脉，呼吸似的紧密关系。

"寸土必争"，国防科学上的这个基本原则，就应是全国人民之抗日战略上的一个基本的信念。

有一种最有害的思想，必须自加检点。这就是，某地，某地在战略上的地位不很重要，所以……

在革命的战争中，在全民战争中有以攻为守的战略，没有以退为进的

---

[1] 此处疑为"议"。

战略。在防御战中，寸土的放弃，客观地是对于敌人的一种帮助。每一个主要城市的撤退，每一个省区的弃守，对于责任感丰富的人，能没有断臂，截足的剧痛？

每一个重要地方的失守，在当时，不但是军事力量上，也是政治力量上的弱的表现。

在七七再来，在焦头烂额的一年抗战途中，在大半鱼米之乡通入魔鬼的岔道，在主要的藏煤区域装进偷儿的荷包，在铁钢产源地带触险告急，在这片广漠战地多数男女兄弟一时变成了仆役，丫头，少数失业流浪，成了慈善行为的对象，这样时候，能不痛定思痛，顾后瞻前，集中力量，发挥所长，定保卫武汉之大计，争锋逆转，以为收复失地之张本，而展开驱逐敌人的战幕？

如何而可以保卫武汉？这除军事决策，除政治猛进，除经济定计外，最重要的就是民众之组织与武装，与军队结合而参加实地的战争。不只是武汉须这样做。江西，安徽，河南，也都须这样做，乃至广东，福建也必须确实准备这样做。就是现在失业流离的民众，也必须组织分配，使他们直接间接地贡献其力量于保卫武汉，于保卫重工业和军需工业所依恃之江西，湖北，湖南，广东，以转变最后限度之防守线为建国战争前驱进取之根据地。

每一个人力都须重视，每一分时间，都有生死存亡的关系，必须善用，必须珍惜。将来有办法，不如今天强挣扎。有进无退，"拙速胜巧迟"。

而一切中之最重要的，就是"寸土必争"。这是保卫武汉，也是最后胜利的一个必需条件。

六月三十日

实现国防外交政策，时候还不太晚

法西斯蒂之欧亚的结合，已采取了更紧凑的步骤。德国的"拿其"，已在准备，给其把兄弟国，日本以更确实的帮助，探鸭足于中国的"好地"而试其血趾。只是青岛的恋臆，只是华北盗宝之投靠入伙，还不足以说明德国向我们非正式断绝外交关系的动机。事到今天，德大使和德国顾问竟无故被召返国，即使你是对外主张上再忠厚不过的长者，也会觉得，像是无意之间被人打了一个巴掌。

但是，"拿其"向我们的这次示威运动所生的效果将是什么？当真能给我们以一点实际打击吗？不，他只给与我们的长者态度以一种悔悟的机会：该先给他以打击。

重要的事情是，我们应该马上开展反对法西〔斯〕[1]主义的国际行动。因为，这事在我们，不但是早该履行的政治正义，而且是外交上的优胜策略。今天还不太晚，我们如这样做，便马上可以同苏联，同人民阵线的法国，同西班牙，同罗斯福大总统影响下的美国，乃至同厌战观风的英国，取得更密切的外交关系。

特别是对于民主的法国，我们过去所得不少，而所做却一点也没有。我们对于德意如早有决定的态度，同法国的关系，也许早已像鱼水般地和谐。连带关系，一方面同苏联，一方面同英国，其无形间的推进，更无须问。所以对拿其的妇人之仁，结果是我们自己上当。但时间上没有绝对的过去，虽在今天，我们如处置适当，拿其之暴，仍会变成我们的客观的帮助。在运用国联上，在完成和平阵线上，在催动美国参加国际行动上，法国有最适当的地位和最决定的作用。中国人民，现在可以认识，法国人民是我们最好的，也是将有最大帮助的朋友。

---

[1] "〔 〕"表示脱漏字。

我们不是要希望法国同我们共同防守琼州。防守琼州，是我们自己的责任。反对加于安南的威胁，法国是势所必至。我们也不以借款修路为满足，而是要以国际正义的缘故，以保卫和平的缘故，以人民间真正亲善的缘故，以法西国家制造战争步步逼紧的缘故，向法国建议，采取国防上的互助行动。

如我们所预料，英国政府之改变其政策不但可能，且几乎是必然的事，现在已有迹象可证。中国仍需要不断警惕，澈底认识，中国是国际形势上，特别在无形之间转变英国政策这一点上，有一种主动的潜力，是一个重要的原素。

罗斯福大总统之态度光明，执言仗义，其为美国金融势力所牵掣和其可操政策上说服之胜算，法国和西班牙之优秀的政治人物，类能言之。其盘马弯弓而不即发者，实以美国在国际形势上之客观的孤立故。如中国而与苏联，法国联合，形成欧亚外交上的一个主要力量，因而英国态度将日益显明，则罗斯福大总统在美国之雄飞，成世界的好汉，当为最近即实现之史实。

到了那个时候再回看法西斯蒂之国际结合，就真零落可笑。因为除日本和德国之可始终形影相依外，那个时候的意大利，虽然仍保持其法西斯蒂的主盟地位外，在军事上几乎还会恢复其在世界大战前的态度。

世界和平的保持是可能的。单独对日作战，单独战胜日本是可能的。只看中国怎样做，只看中国人民怎样看待自己。

因此，乘势，及时，在外交上促成中苏，中法国防互助关系，就是我们义不容辞和急不可缓的固有的责任！

七月三日

以政治的新生纪念七月

七月，在历史上是法国的革命月。七七，是中国民族新生的纪念日。中国民族，在一九三七年的七月，走上全民革命战争的大路。

在七七的再来，在一九三八年的七月，中国人民如何才可以纪念过去，把握现在而开示未来呢？最好的方法是：政治的新生。

国民参政会已开始了它的政治生命。但这个还不能说就是中国民族的政治的新生。政治的新生，必须进国民参政会于一个非常的民意机关，推动并改造政治机构而加强抗战军事的实力，以完成革命的天赋使命。

现在行政机构，工作上所以显得松懈，还远不足以胜任愉快地负起它在严重时代中的固有责任，其主要的原因是在人力的缺乏。我们不是说现在行政上负责的都不是人才。事实上尽可有很好的人才，可是在某些情形之下，一样还可以缺乏人力。如一个人的才力很大，而担任的工作太多，便有照顾不到的地方，因此，某些工作上就要有松懈的现象。才力和其所担负的工作不很符合时，一方面是才力的损失，一方面却是缺乏。自然，因为操劳过度或性喜舒适而急待退休的人力，也不是没有。而新进气锐，为时代所要求的人力，不但很多，且很多投闲置散，之急需引进，更是迫切而不可迟缓的事。

在军事上曾建功立勋的前十九路军将领，在外交上曾有所树立的陈友仁，何以多住在香港？宋庆龄，何香凝担任些什么工作，如何担任，和应如何如何？新兴的政治人才如陈绍禹，眼光远大的毛泽东等，为什么总僻处西北？某些部里何以无工作上的表现，乃至究竟什么些人在某部某部负责？一般人所时常有的这些感想，也正代表着民意的趋向而在要求事实上的答复。

革命有进而无退，胜利所争在时间。

事实又在催逼我们不能不提出惩戒贪污的问题。当真贪污现象，只发生于下层政，军机关？其所妨害于行政机构者几何，和如何能有根本上的清除？欲治贪污，须倡清廉。可是，真能做到清廉两字的在位之人，今有几多？又进而有节约问题，疏财赴难问题，如何才能有效地解决？

面目必须一新，内容才可改善，这就是严肃的时代给我们已开示的工作方案。

使民众欣喜，狂欢，其煽动的，动员的效果远过于宣传和教育。民众有最高的牺牲精神的时候，就是在他们的意志转变成行动的时候。他们的牺牲又促进了行动之转变的过程。

一切声音都在说：我们要求一个集中人才的政府！这是民众的声音，是前方将士的声音，是时代的声音，是民族的声音。这是一九三八年的七月，它要以政治的新生，来纪念一九三七年的七月。

七月八日

保卫武汉及其必需条件

从全国言论界一致主张坚决保卫武汉这件事实看来，可以知道什么是中国人民的意志了。

固然保卫武汉的责任属于全体的人民，可是我们对于直接负保卫武汉责任的将领官佐们，不能不有特别重大的希望。

在过去失地的一些惨痛经验中，虽然大部分的原因是由于我们战略或其他方面的缺陷，可是在某些时候，因一二要地的弃守而影响整个战局的，却是由于少数将领的失职。这次却真是要我们拿出最后决心的时候了！

但如何才能保卫武汉呢？由于武汉有它在政治上，经济上和战略上的特别重要性，所以在行动方面也具备着特殊的条件。

保卫武汉的第一个必需条件，是须及时地实现集中全国人才的行政院部，确立各部的国防政策，这不但是改善政治机构的有效办法，不但可由此来提高行政效率，而且可以激励民众拥护的热情，坚强前方作战将士的斗志，真正提高国际地位而获得国防上的互助和有力的声援。

保卫武汉的第二个必需条件，是必须确定保卫武汉的基本战略。这战略所需要的，不但须以最顽强的战斗保卫九江，南昌，而且必须在山西转取攻势，以周密计画，配布武装，开始在地形险要的山西作驱逐战。至于福建，广东更不容有些许的忽略，必须由负责长官，确实负责，寸土必以死力争，使厦门事件，不再重演。

保卫武汉的第三个必需的条件，是必须立刻动员两湖，安徽江西，晋陕民众，确实武装训练他们能够分配到前方作战和成为有力的补充部队。

如这三个条件都能做到，不但像西班牙人民保卫玛德里一样，保卫武汉是绝对可能的，也许还可以转变整个战争的局面，从而可以改取全面攻势的驱逐战斗。如仅能做到一部分，保卫武汉的战争，一定也可以支持到六个月。如若什么也不做呢？那就是说，我们根本还没有保卫武汉的决心。

南京失守，战事重心早已就移在武汉。因为南京的失守，不止是意味着江苏的失守，而是意味着山东的失守，浙江的失守，安徽，河南的失守。今日武汉的重要，又远过于南京。所以对于保卫武汉，需要全国人民，全体将士，付以充分的重视和警惕！

七月十八日

总动员保卫武汉

从政治看来，民众就是力量，从民众看来，组织就是力量。所以在保卫武汉的紧急关头，迫切需要力量的时候，民众不可不动员，动员就不能无组织。

总动员保卫武汉，就是动员武汉的全体民众来保卫武汉。这里所说的动员的意义，不是军事的动员，乃是政治的动员的意义。

动员武汉全体民众的力量保卫武汉，必须成立武汉民众间的普遍的组织。

动员民众就是要把不动的，在政治上不发生作用的民众变成能动的，在政治上负一分责任的民众。动员起来的民众，就是动力。动力是集体的，组织是动力的逻辑的形态。

民众当未经动员的时候，在空袭的时期，就是目标，所以就需要疏散，或自动逃亡。在自动逃亡的民众中间，有不少是青壮份子。民众动员就是要把一切有能动性的民众组织起来，成为动力，而把老弱及非战斗的女性疏散到乡间。动力的民众可用之于防空，正同可用之于保卫武汉。

没有动力的民众组织，是没有机构的官僚机关，是没有内容的形式。现在需要真能动员武汉民众力量的组织。

普遍的组织的形式，也可以分头成立和进行，如劳动的，资财的，科学技术的，艺术文艺的，妇女的，青年的等。

集体的防卫行动，必须经过教育和练习，所以临时的学校必须多设立，多举行露天讲演，必须多有集会的机会，开大会和举行游行。把政治知识和国防技能给与民众还不够，还要把他们的集体行动的习惯养成，叫他们发挥创意，锻炼他们的情绪，时常激发他们的热情，把他们培养成紧张的，灵活的国防动力。

这不是神话，不是理想，却是武汉给它的户口提出的居留条件，是保卫武汉当前试题中的一课。这是很平常的事情，如不这样做，就要有非常不好的结果。

在保卫武汉的声中，民众这样的涣散，这样的淡漠，这样的混乱无秩序，乞食的良民成群搭伙，吸血唼腥，醉生梦死者如故……这些现象中的任何一种都足够使我们恐惧，猛省，警惕之后，急起而力行。

有志有识的青壮部队，正为献身精神所苦闷，因为有余力而无所用，后备的期限无穷，而不能无怨于"大时代"之走得太慢。如若忽视这种现象，忽视的时间很长，民族的锐气，国防实力的内含上，所受损失，尤过于敌机野蛮的轰炸。

民众需要教育，教育需要干部，干部需要工作。

总动员保卫武汉，这是一切行动的关节。这事一做到，其他将迎刃而解。也将有助于疏散人口，惩戒贪污，以及溺职尸位，侈靡亡国等现象之根本除灭。

汉口意味着进取革新，武昌意味着历史悠远，汉阳是国防工业的凸出的高峰，长江的雄壮，汉水的秀丽，水陆划分，交通连带，这样形成的武汉三镇，不但是中国的理想国都，也是目前事实上的国防重心。全国人才，大半还集中在这里。工业移徙，人口疏散，乃是防空要着，保卫武汉的消极条件。动员，组织，教育武汉民众积极保卫国防要地和自己的家乡，把它筑成不可撼动的金城，庇护西部半壁江山，坚如铁桶，并用以武装前方的士气，坚守目前阵地，并省时量力，转守为攻，于保卫武汉的犁耙下，兼播收复侵地的种：个个心里应作如是想，这责任非异人任！

民众是军事的基本。不宜再迟，赶快动员全体民众，便成政治的，军事的力量，保卫武汉！

七月二十三日

晋冀察绥四省失陷的原因

——如何收复？如何发动驱逐战？

晋冀察绥四省的失陷，到现在已快一年了。游击的发展，反攻的继起，和四省内某些未侵区域行政机构的改进，都可以说明重要城市地带被占领的暂时性和"经济开发华北计划"进行上的诸多困难。但在今天，驱逐战既未能开展，日寇又时有大增部队由晋入陕的可能，所以比核四省失陷的原因，勇猛改进，而定根本收复的大计，以期即使所图不遂，然要之可以断绝日寇幸侥的打算，不使有寸土之再进，是最急切不容缓的事情。

冀察失陷，同晋绥少（稍）[1] 有不同，因冀察早已门户大开故。但主要原因，大致仍然一样。不但国防空虚，政治颓败，而且主要将领竟至缺乏国防常识，政治感觉，大战已在目前，还以为可不发生，以致战事起后，随处现出手忙脚乱之象。甚至有少数将领，连起码的国防道德都没有，所以战略地带，日寇可不战而有，重要城市，就很快入了敌手。晋绥军力，本来不强，然主要将领，爱国有心。谁知连人物分配，都失其当，以致顾此失彼，而又失此。晋绥地利，如果善用，堵截日寇，不使前进，实有可能。如是则华北战场，限于河北一省，不但北线战事，胜败易分，且可支撑东部战线，不至蔓延及长江中流。及至军退边区，政治军事，诸多改善，反可用以反攻，时获胜利。虽是日寇未用全力，然而华北军队之由失败而改善，量少而质较佳，已有了适当的表现。

一月以前，汉口有军事家言，日寇将以主力部队，由晋豫入陕。其言未验。但今如有人说，日寇及河而止，不再西进，却是大谬不然。日寇西

---

[1] 个别误字的正确用法或当时写法不误，但跟现在用法不同，现在用字皆标注于"（ ）"内。

进危险，时常存在。无论长江战事，"旷日持久"或"急转直下"，西进危险都是更甚。要消灭此种危险，只有一法，即在晋绥发动收复战争，开始有通盘计划，大规模的反攻。军力不足，陕宁亦应助战。因为只有这样，才是保卫陕宁的有效办法。

武器不如敌人，不是战事暂时失利的主要原因。主要原因之一，反是将领们的这种不如人的心理。其实，如忽然有大批近代武器，运用指挥，也非易事。反之，在富于近代军事智识的将领官佐，即使缺乏某种武器，而战略战术灵活运用，也可以长补短。至于军队来源，是在民间，训练补充，继续的限度非常之大。每个现役军人，尤须根本觉悟，自己也是人民中的一个分子，把根基筑在民间。一经觉悟到军人是武装的人民，对于人民武装的进行，当然就没有什么事情不可放心。

政府又有自己的职责。军人责己可严。但通盘筹划，军火给养分配，则责在政府。军火短少，不敷分配，虽是实情，然不能因此就不去分配。战事互相连带，不可分离，所以也难分轻重。即以现在而论，要想长久保卫武汉，山西战事必须发动有力反攻。否则武汉危险，势将日深。所以酌量分配军火到山西去，就是保卫武汉的根本有效办法之一。

山西是中国国防工业上最重要的一个省区。产煤地带，既被占领，一面使临时的国防建设上有断臂失指的痛感，一面又时有为敌人所利用的忧惧。但保卫已晚。现在只有收复，无从保卫！煤产之外，山西第二特点，是在形势。所以作为战场，民众虽苦，地利可尽。牺牲山西以保卫西北，华中，山西人民自应当仁不让！

绥远同山西关系密切得像同命鸟，行动总会一致。不过收复绥远，在现在还要困难一些。大抵收复华北四省，山西是其重心。山西需要政府和陕西的帮助，又得帮助绥远，察哈尔，乃至河北。

如晋绥冀察四省的人民有志气，将领有决心，政府有计划，有给济，陕西宁夏有同情，有远见，全国舆论有声援，政治进展，抓得住力量，这样，四省的收复就不在远，而现在就是最适合的时候。华北战场，以晋绥为界，斩断日寇西进之路，以大军东向，在战略上占优胜地位的山西，发动驱逐战！

七月二十九日

资财动员

在各种动员中，资财动员是很重要的一种。在民族总动员下，资财动员尚未着手，是很大的缺陷。

对于战争的最后胜利，金钱不是惟一的条件，但是重要的条件之一。中国因缺乏国防财政的平时准备，所以对日作战以来，税收减少，财政靠公债和借款来维持。国防工业不能建设，全线统一战略不能确立，民众不但不能武装，反使很多青壮分子流为难民，战时文化推广迟滞，国外宣传力薄弱，人的问题，国防认识问题，虽都很大，可是财政短促，也是一重要原因和主要障固。

中国是一个贫穷的民族。其贫穷的原因之一也在有资财而不用和用之而不得其当。即如今天，在总动员的状况之下，而资财尚未动员，也是明证。

中国所有资财，可分非生产的和生产的两种。非生产的，主要的是地下藏金和外国银行存款。生产的为工业，银行，农业，商业等资产。资财动员，两者并重，而对于前者，尤须付以特别的注意。

外国银行存款，虽无统计发表，但数目最大（有人说有二十一万万，也有人说，六十万万）。人都知道。日本银行存款，为敌所用。其他各国银行存款，在民族国防上看，也等于弃财。一个贫穷的民族，在战时，如何能把自己的资财，长久废置不用？地下藏金，在侵地战区，遗失也已不少。现在剩在国防区域里边的，只有少数。但行经确实调查，数目当仍不少。

还有一种数目很大的民族资财，也可以归入非生产的一类。这就是由贪污得来的资财和为侈靡所用去的资财。这些资财之中，即使有当生产用的，也应看作是非生产的资财。

对于这种非生产资财的动员，政府应有决定的办法，尽量移取，用来举办军事工业和其他国防生产事业，教育和武装民众。外国银行存款，起码的动员方法，应移存在中国自己的银行里边。藏金，起码也应变作银行存款。

对于实行生产的资财动员，须有整个的国防经济计划。只是工厂内移，不能当作是经济动员，更不是资财动员。资财动员，是要把全国所有资财，都用来发展有计划的国防经济，战时工业和供应军事的需要。

银行应为工业，农业及运输事业服务。中国金融力量，虽然薄弱，然而集中用在有计划的国防经济建设，总可有相当成绩。金融如仍向商业方面发展，虽可获利，而于国防则非徒无益，而又害之。工业发展，如仍听其自然，则由东南而至西南，就像是虱子搬家，只是转移了地位，其无政府性，毫无变更，决非战时应有现象。战时工业，应集中全力于重工业，机械工业和军事工业的建立和发展。在可能范围内，必须移轻工业所用之资财于重工业。因战时生活为牺牲生活，全体人民，包括政治，军事服务人员在内，必须励行节约，以吃苦为美德，视奢侈为罪恶。如方向转换，计划进行，重工业，机械工业的确立，军事工业的改进和发展，绝非不可能。否则军火只恃国外购买，资财仍用于轻工业之移徙，飘荡，将来所受牺牲，必将更大，更重，而最后仍须改弦更张。人多地少，农业亦应逐渐引用机器，以增产额。如将农业资财，如此运用，当有较善良之结果。交通机构，如半死人，阻碍军事，影响及于人行，物运，使经济，社会，都染麻痹，必须澈底改革。如将商业资财，酌量移用于运输事业，不但交通大有补助，且间接有利于商业本身。如仍转运不灵，物价腾贵，而人民购买力日低，势必资财停滞，业务赔累。此中理路，商业界人不是不知。要之必须政府有通盘计划，善为指点，方能成为事实。如有守旧商家，顽固地主，不知变化，则可组织特别宣传部队，详为开导，以奖励相劝，惩戒相警，告以战时利害，阻力当可由小而无。

自华北，沿海诸省失陷，战场已移入中原，现在中原战事又已到十分紧急时候。一旦如战场移入西部，战争条件更为困难。人民所受牺牲，当更有不忍言者。资财损失，亦将更为浩大。如资财动员，及今尚不举行，坐以资敌，自陷困境，岂非至愚之事？所以为资产之家自身着想，目今最重要之战时举动，亦为资财动员。

政府加强领导作用和军事力量，资财动员是最重要的行政节目。豪富保卫资财，博取荣名，舍资财动员外，更没有他道！

七月三十日

政治人才

政治人才的第一个条件是牺牲精神。牺牲，不只是不能爱钱，也不能爱名。牺牲，不爱名还不算，还得能够放弃自己的偏见，私人的感情。牺牲，须不顾个体的安宁，直到自己的生命，为原则，为民族革命而服务。如具有这一个条件，不管工作的范围多大或很小，不管工作的地位很高或很低，是第一流的政治人才。

政治人才的第二个条件是才能和善用自己的才能。才能有大有小，用之恰如其分，就有用，就是人才。有才能而用之不得其当，不但无用，反而可以有害，所以不算人才。才能不管大小，都有范围，在范围内的，必须有真本实学，那便即使对于别的事情不很见长，也是人才。人才不必都有专门的技术，（政治是一种科学，有原则，也有技术。）但人才的意义却多少有专门技术的意义在内。

政治人才的第三个条件是集体行动的素养。行动总是集体的，但只有有素养的人，才能够发挥行动的集体性。有集体性才有真正的民主。行动的集体性，不止在一个组织内，在几个组织间是需要的，是对一切人都很需要。广义的集体性就是社会性，是休戚相关，是古人所谓量，是政治人才绝对不可缺乏的条件。

政治人才的第四个条件是责任心。责任心不是如一般所说的"勇于负责"，而是对于自己所做事的结果要负责任。一个政治家，政策如失败，就要辞职，就是有责任心，否则，是没有责任心。一个革命分子要时常做自我批判，就是有责任心，否则没有责任心。责任心在中国，是最难能可贵的。但没有这一个条件，就不能算是一个完全的政治人才。

这四个条件是政治人才的基本条件，政治在现在，是要普遍化了。人民靠吃饭来生活，靠政治来行动。生活而不行动，是生物的生存，不是现代人类的生存。所以这四个条件，不但是政治人才，凡是人民中的一个健全分子，都必须多少具备的。

政治人才，是从民间来，也必须从民间来的，所以人民和政治人才中间没有截然的界限。人民发展而为政治人才，从人民中训练，识拔政治人才，在今日的中国都很需要。

政治如比作地理，人才就是险要。中国政治地理的面积很大，但大半为沙漠和荒地所占有。政治险要，也很缺乏。荒地是可变的，政治上的险要也是可变的。垦荒又需要人才。所以中国现有的政治人物，所应负的责任非常之大，而人民之政治的启发也非常之重要。政治人物必须精进自励，成为对外的战略点，内政的拓荒者，而举全体人民，提携共进，以使中国在政治上成为一个大国。

八月一日

改进政治机构所需要的行政工作分配

要想改进政治机构，有两个基本问题，必须解决。第一个问题是工作分配，第二个是分配工作。工作分配是事的问题，分配工作是人的问题。

在现在的中国，有两种主要的政治工作。一种是战时政治工作，另一种是基本的国防政治工作。如能把这两种政治工作做得充分，适当，那就是健全的行政机构，否则是不健全的行政机构。

现在的行政机构不健全，人都知道。就是负责行政的人，也不会不承认。所以不尽然是人的问题，重要的还是事的问题。工作的分配既不适当，有好多工作是无人负责，有好多工作又是负责人太多，事权不能统一。也有应统一的工作分开了，应分开的却又统一起来。这样情形，即便分配工作时人人适当，行政机构仍然不会有很大的改进。

应战时的需要和充实国防力量，重工业和军事工业的建立和发展是绝对不可少的。这两件工作如不去做，还要说什么最后胜利，如不是自欺欺人，那就是有害的幻想。所以重工业和军事工业，应从经济部分划出来，成立独立的部，专责火速进行。

人人都知道组织民众是最重要的工作，可是直到现在做得还是很零乱，原因虽然很多，主要的是事权不统一，责任不专。责任不专，就可以往别人身上推，结果不做或少做。事权不统一，就做不好，甚至有若干效果，因抵触而相消。所以要想把民众组织的工作做得很好，很完备，劈头就要在行政机构中添设民众组织部。

建立和发展空军，机械化部队，也是决胜的主要课程中的一种，必须加速度地来进行，来完成。时间耽搁得已经很多。为更有效，更能适应其重要性，和提早表现民族的战斗力，最好也成立一专部，以利进行。

到处都讲科学化，可是很多的科学人才没事做，或用非其当。中国的科学人才本来少，只怕不够用。现在情形却相反。所以需要成立一个科学部，专门来做科学化的事。科学部须和各部协作，推动各部。不但不可让一个科学人才弃置不用，还要有计划地招纳外国科学人才。科学知识的普及运动，也应由科学部负责推动，进行。技术科学外，原则科学更重要，可以武装民众的精神，增进军人的国防道德，乃至统一民族的意识形态。

有热才有力，民族也是这样。现在我们缺乏热情，比缺乏近代武器更甚。须用艺术燃烧全民的情绪。别让艺术作家们流亡，星散，或用非所长。为使他们遂行其本色行当同时即完成最重要的民族任务，应成立艺术部，确立艺术政策，一面保障作家生活而同时则建立批评工作，发展艺术理论，普及艺术品的流布，并特别从事于电影艺术的深造，广播。

除添设四个新部外，经济部对于对外贸易，尤有特别注意，并与外交政策提携并进的必要。如本年五月份进口货中最多者为食料，食料输入国最多者又是暹罗和日本，决非战时应有的现象。不但日货应绝对拒绝，就是暹罗货也须抵制，才是战时的贸易政策。如不改正，对于国际排货运动，影响尤为恶劣。其恶劣且非政治所能范围，而涉及民族的道德问题。所以经济部对于对外贸易，必须特别注意，以求改进。

财政部所须特别注意者，为全国资财动员。此事有关战事前途，非常重大。如能完成此举，将来抗战胜利时，财部当居首功。应成立专科，以资进行。

此外则教育部工作将趋重于国防教育，大众教育和普遍的识字运动，交通部应大加改善，内政部须改进社会机构，外交部确立政策，发挥积极作用，都需要于部内增设特别组织，分工担任，并提高行政效率。

这样，改进政治机构所需要之行政工作分配为：经济部，重工业及军事工业部，民众组织部，航空和机械化部，财政部，交通部，外交部，内政部，教育部，科学部，艺术部，共十一部。至关于军政，司法，卫生等事，本文中暂不论及。

八月五日

如何实现国防外交政策?

国防外交政策上的主要事项就是，中苏中法国防互助协定和反侵略战的民主阵线。有的人说，这两件事，早已在进行了，只是人家不肯做。这话不是完全没有根据。不过进行也有种种程度。有时候某种进行，实际上只是企图，希望。所以有人说这两件事根本是不可能的，也不是没有理由。因为，只有企图和希望，许多可能的事可以变得不可能。

这里既说如何实现国防外交政策，当然认为国防外交政策有实现的可能。问题只在如何实现，要履行什么条件。

在现今的这个世界上，有拼命备战，拼命挑战，拼命实行侵略的国家，也有积极充实国防力量，以保卫世界和平的国家。战争也罢，国防也罢，处今日的世界，由于科学的发展，应用的普遍和深入，没有一个国家能够单独地遂行一次大战，能够单独地完成国防准备的。日德意的同盟是由此而建立，法苏美英的关系也由此而接近。中国地大物博，一部分在作战，一部分仍可从事于国防建设。国防区域中的物产，为友邦所缺乏，所需要的，仍然很多。因此，由于地理上的便利，中国同苏联，同法国，在国防上，在国防经济上，是天然的接合。中国一向来只知道同国联做技术合作，结果地位低而无补大计。中国外交，只有向外借款，买军火，要求帮助，结果对友邦养成依赖心，树立不起独立民族的风格，对敌人只能招架，没有还手之力。这样，不但辜负了自己，也辜负了友邦，辜负了天然的条件。所以国防外交，只要中国拿出独立民族的态度，远离依赖国联的轨辙，单刀直入，同苏法进行谈判，磋商互助条件，成功的可能，至少也有一半。

要保证完全的成功，还得证实自己有颠扑不破的力量。这一点似乎很难。因为，人总以为，必须中国有充分的物质力量，因此无从谈起。其实不是这样。鸡能下蛋就成，不必要下金蛋。外国人的认识力有些地方与我们不同。他们重视一个民族的政治机构过于现有的物质力量。中国在世界中还像一只不能下蛋的鸡。只有民主政治可以证实中国能够有规律地下蛋，而加入友邦成立鸡群。民主是中国民族的新生。一经实现民主政治，中苏，中法国防互助的条件就完成了。那样如互助协定还不成立，除非是没有人去做。

反侵略战的民主阵线，比国防互助协定，不见的容易完成。因为美，英同他国的经济关系，比较复杂。中国如想完成此举，必须更进一步，立于主动的推动地位。如自己尚未民主，当然更无从谈起。世界经济上的两大霸者，那里有怕人侵略而与被侵略国成立阵线之理？中国如实现民主，情形却大不一样，再有苏法相帮，阵线就很有希望。不过，关键所在，还是经济。民主的中国有计划，有把握地在国防区域内建设起国防工业来，在战区内即使不能反攻，但坚守战线，寸步不轻退，再立定了国防贸易政策，民主阵线的成立，可能性就非常之大。一面绝对严厉地排斥日货，至于禁绝，并有计划地缩小以至断绝对德，意，暹罗等国的贸易，一面与英美订立贸易协定，与捷，瑞，荷，比等国增进贸易关系，在经济上成立了反侵略战的民主阵线，政治上，国防上的，自然就水到渠成。

互助协定和民主阵线既成，中国可以讲国联政策，也不必讲国联政策。因为那时的国联是中国手中的锄头，不再是颈上的枷锁了。

八月七日

如何实现国防经济政策？

现代的战争是经济战争，所以在一切动员之中，经济动员是顶重要的一种。中国的经济机构本来就不健全，所以经济动员，做起来很困难。即使做到，力量还是有限。所以在经济动员之外，必须从头来做经济建设的工作。为应战时的特别需要，为集中力量，为收较快较好的效果，经济建设的工作必须集中于国防经济建设。

国防经济建设，首先是重工业的建设，特别是机器的制造，军事工业的大量发展，特别是近代武器，飞机重炮等的生产，轻工业的尽量节约，农业的酌量机械化和尽量的国防化，国营商业的扩张，交通的澈底改善，税收改善，资财动员和对外贸易的国别政策。

重工业和军事工业的建设，首先要解决的是技术问题和资本问题。技术问题，一般地认为中国的技术人才已经很多。事实上闲散的和用非所长的技术人才，的确是很多的。质量上的欠缺，用外国人才补充，也不很困难。困难的还是资本问题。向外国借款来建设国防工业，是不可能的事。中苏中法国防互助又不是一天可做成的事情。所以为解决紧急的民族生死问题，只有有钱的出钱，实行资财动员的一个办法。如政府决定了一定的政策，制定实施方案，一面劝导，奖励，最后仍有反对的，以卖国论罪，资本问题，必可迎刃而解。重工业和近代化的军事工业一经建立，无论前方战事，人民情绪，或外交地位，必有力学的转变，民族力量必收突飞猛进之效。现在开始这两大工业的建设，时间已嫌很晚。因主要产煤区的山西已陷敌手，主要产铁区的湖北迫近战场，主要交通机构的粤汉路已失安全保障。但是西北西南，煤铁煤油水电等资源仍不缺乏。只是要把交通条件努力改进，暂时供用，尚无问题。所以时候尚非太晚。

技术问题的根本解决，最好办法是行政机构中添设科学一部，有机地集合起全国技术人才，滋长，补充，有计划地推动科学化，在重工业部未成立前，分配适当人才到经济部服务。一面由经济部分别轻重制定建设国防经济计划，与科学部协作，按时实施，指日责成。

重工业和军事工业不但是一切工业的工业和一切工业中的工业，而且是农业及农业机械化，商业国营，一切国防经济建设的基础。所以在万一的时候，无力并顾兼施，虽就把全力集中在这两大工业的建立和发展，也不嫌太过。德国的拿其叫人民不吃牛油吃炮弹，固是笑话，但在对日作战的中国人民，如没有重炮，飞机，即使有饭吃，也将不能下咽。所以，四万万男女兄弟必须抱定吃苦主义，有钱的疏财赴难，没钱的节衣缩食，集成血本，以生产近代武器，才是正理。

时候尚非太晚。如以四川为中心，在贵州云南广西，陕西宁夏甘肃这七省火速地，认真地，斩断支节得其要领地建立起重工业和军事工业来，并改进经济的机构以图逐渐展开整个的国防经济建设，那末，西北和西南就由潜力的而进为实力的，成了国防重镇，对日作战的根据地，物质上和道德上对前方就能够源源接济，集重兵于绥远，山西，河南，湖北，安徽，江西，湖南，广东诸省，一面坚守阵地，一面策应反攻，全线形势，几个月内就可以有根本上的变化和改进。

八月八日

国防道德

狂者进取如可比做是热情的话，那末，狷者有所不为就应比做是道德。在对日作战中的中国人民，每一个分子都应具有，发挥这狂狷两种的品德。没有热情就没有动力。没有道德就没有骨格。在国防的意义上，前一种就是死人，后一种就是负人。

狷者有所不为，不是说不犯罪不做汉奸。就像不犯死罪，不能称之为道德一样。道德比之行动，是很消极的行为，但比不犯罪却积极得多。离犯罪很近的人离道德就很远。

国防道德，最低的限度是个人行为对于民族行动不可分离之良心上的负责。用一般的话来说，也可以说，国防道德就是爱国心和由爱国心而表现的行为。

举例来说，现代战争中的空中攻击之以人民为攻击的目标，目的就是在摧毁敌国人民的国防道德。在这时候，国防道德就成了一个民族最后决战的实力。所以，国防道德在欧洲，无论在国防科学上或在实际作战上，都被认为重要的事项。

推而广之，将帅所需要的镇静是高级的国防道德中之一种。拿破仑自述滑铁卢的失败是他的镇静工夫不如惠灵吞的缘故。所以，战争的胜败取决于最后五分钟的名言，如用国防道德的尺度来量，应改为，决于呼吸之间。

对临阵脱逃的将领，对代敌抢劫的军队，有军法在。至对一般的人民和军人，砥砺和提高国防道德，应该列为政治工作，军事训练以及一般民众教育上的主要科目之一。

道德心的落后，在中国，更甚于近代武器。一般民众，连起码的社会习惯都没有，何况国防道德？在街道上，在火车上，在防空室里，社会机构的失调，脱节，逐目都是，令人看见时真不得不不寒而栗。除组织，教育外，惟砥砺国防道德可以救之。

至军队中之缺乏国防道德，传闻所及，也已不一而足。这自然与政治认识和武装条件有联带的关系，但国防道德观念的根本缺乏，却是一个军事教育上的问题。至将领有缺乏国防道德者，问题则为政治性质的，而恶果也更大。

从今日起，建筑民族的国防道德，应列入为国防工程中最重要的一种。只有这样做，才能够在最后的呼吸之间获取最后的胜利。

八月九日

民众的教育、组织和武装，
和武装民众之战略上的分配

历史上的民族以民军决战而得最后胜利的，并不乏先例。古远的不讲，只就近代说，美国独立战战胜英国远征军的是民军，德国最后一战击破拿破仑的，是民军，拿破仑恃以横行欧陆百战百胜的军队固有民军的性质，苏联用以扫荡十六国联军包围的，其实也是民军。西班牙政府用民军与意德佛兰苛军相持两年，更是可以目睹的事。那末，什么是民军呢？一句话的回答是，民军不是征兵，是人民武装。

自七月抗战以来，民众教育和组织的工作，已有长足的进步。相持一年，未见颓势，这也是一个原因。但成绩所在，大半还是游击工作和战时服务。这两种工作，在我们的民族，是旧行动换新形式，旧瓶里边装新酒，所以最容易做到。在国防科学上看来，在建国战争上看，只这两种工作是远不够的。这一年来的作战结果，就是实验。

在现代的战争，征兵已不够用，所以各国都从事于人民的国防教育和组织。中国对日作战，必须教育，组织和武装人民，更是显明易见的事。人多而无组织，无武装，就是混乱。一千个混乱的人民和一百个兵士对抗，和十个近代化装置的兵士对抗，说可有胜利把握，谁能相信？一百个普通装置的兵士和十个近代化装置的兵士对抗，即使再有一百个人去为他们服务，胜利的可能一样是很小的。把这个拿来做一次演习，更可以明白。如拿在战场上演习，就不很好了。

现在是必须给人民以实际的国防教育的时候。从政治上叫他们认识了自己是一个人，中国是一个民族，用组织教给他们行动的习惯，再给他们以一般的军事的知识和技能，尽可能训练他们去学习近代化装置的技术，并常用实地演习来训练。这样经过几月乃至半年，一批一批的新战士养成，随时把他们战略地分配到前方作战，这样，人民就是血清，军队变成活血，可以源源不竭地继续补充，即使近代化军事工业尚无发展，军火尚不敷分配，然而作运动战的主观条件已很可观。因有足够的军队可以分配，从绥远直到江西，浙江，可以制于统一的战略的指挥之下。如能这样，即使不能每一个阵地都没有动摇的危险，可是全线声东击西，活跃进出，整个的阵地可以筑得像铁桶一样。

现在我们的民族，人多，能聚而不能用，地大而没有统一的战略，战略地带多拱手让敌，物产多而没有重工业，近代军事工业，还在置梃以挞坚甲利兵。偶尔买来些近代武器，不要说人民，连兵士也不会用。训练近代化部队，只以青年学生做对象，人数有限，在全民分配工作上说，也不十分合适。大部分的民众仍然是不知不觉。这些现象配合得这样完备，这就是一个死的连环。在击破敌军之前，我们必须把这个死的连环击破。

能不能够在几个月内就建立起近代的军事工业呢？能够。在西班牙的事就是先例。我们难道不能够吗？至多不过，我们做得比较慢一点罢了。但同时，我们不管近代军事工业已否建立，甚至能否建立，必须赶快动手来做，有通盘计划地来完成这一个工作，民众的教育，组织和武装，和武装民众之战略上的分配。如这样做去，结果即使最坏，虽不能把敌军钉在现在的阵地上寸步难进，但我们已有确实把握，可用数字来计算的事实基础，延长抗战的时期到最大限度，以给我们时间充分考虑，集议，督促，直到最后建立起近代军事工业，武装成我们的近代的手足，百千万军如一人，用驱逐战斗，把最后的一个日寇，从我们的"好地"肃清出去。

还须加倍努力，特别须努力于民众的教育，组织和武装，必须做到能使武装民众发挥出战略上的作用。如不努力，或努力太少，历史还要赐罚于我们，受大牺牲，吃大苦难，直到翻然改悟的时候。

八月十一日

途中之歌

年龄计上记出，
三十七岁整。
这可怕的数字，
已使我发怔。
我等着等着，
但没有下文。

当夜行者听得子炮，
在计算他的程途，
农夫在盘算着收获，
当时交夏末，秋初。
我可能写一点什么备考，
在这人生的中路？

历史由谁们造成？
大时代萍水相逢。
创造者死，辱，穷，苦，
逸乐者吸血，啖腥。
我可曾有多少贡献，
给全世界劳动弟兄？
再回望我的生养之国，
鲜血画成了猩红地图。
儿时劳作过的田园，

问已来敌人游纵几度？
过去和未来的光荣，
在现在惨澹如焦土。

这时便闯进了文化朋友，
一个个追问着争先恐后。
这个问：《中国》完成第几卷？
那个问：《行动学》已长成否？
第三个还没有开言，
展给我爱因斯坦的新著。

我用赤诚和奋发，
答复了谴责和惦记，
我擅自把年龄计取下，
分上下两行写起：
上行是，没有，没有，和没有，
下行是，努力，努力，和努力。

一九三五，作于巴黎

集中野营

对于我们，
战争已经来到。
我们被俘虏，
被枪射，
受拷打，被皮鞭，
也被饥饿。
对于我们，
战争已经来到。
我们的敌人，
不来自边疆。
他戴着礼帽，
从银行的办公室里走出，
指挥着他的穿制服的仆役，
以支票和最后的微笑。

中 国

正义和牺牲，
你们把着臂，
在中国人居住的地方，
巡行了去吧！

到小旅馆的小房间里，
使有血的血热，
使热的血沸腾，
你们巡行了去吧！

你们使沉默者言，
而言者行，
置旁观者于中路，
巡行了去吧！

到饭馆和咖啡店里，
散布不安到舒服的胃：
这必须争一口气！
你们巡行了去吧！

别讨厌谨饬之土，
怯懦是勇敢的未成阶段，
是要苦行的时候，
你们巡行了去吧！

看艺术家还在顾影自怜？
给琴曲以奔腾的旋律，
涂画布以肉搏的幻象，
你们巡行了去吧！

课堂上掀起爱国的篇页，
睡眠中吹送捐躯的梦，
变散步为进军的步伐，
你们巡行了去吧！

今天，明天到后天，
你们将普受赞美，
你正义和牺牲，
巡行了去吧！

到敌人绝迹的时候，
到独立完成的时候，
我们将要巡行着，歌颂你，
正义和牺牲的名字。

一九三五年，作于巴黎

和平阵线

和平破了
大家快起来。
要救和平，
最晚从现在。

地球切不开，
和平相连带。
全世界的防线：
莱茵和 kobe。

战争穿着便衣，
行过黄海，红海，
惊动了欧罗巴：
"和平危殆！"

救救和平，
和平危殆！
五年前在中国，
战争已到来。

中国不愿，
永住和平外。
要建立和平阵线，

最晚从现在。

一九三六，作于巴黎

日内瓦

问谁招待游客？
只有你们两位。
你给我以美情，
来梦给我假寐。

更鲜于莲花出水，
是来自卢梭梦里？
歇脚不住，使我心悲，
飞机唳空，瓦斯啼。

逸思，遐想都搁起，
只留取旧景重忆：
第二才是来梦，
第一当然是你！

一九三五初游日内瓦时

文 西

科学才是真理，
懂得的只他一个。
宗教虽是迷信，
人人相信这个。

哲人重违世情：
罢罢，我也相信。
世人犹怀着鬼胎，
这人与魔鬼为邻。

历史缓步追随，
先驱者已成灰。
今之信教者犹说，
他也未曾反对。

一九三五，作于瞿里希

来梦湖

来梦边——
往事
依稀。

五年的飘流，
今日个
休息。

眼角儿有情，
心儿里
惊疑。

湖身儿，
翩，婉地
山间，云际。

一九三五，作于日内瓦

欲归不得，俚歌解闷

一只云雀天上飞，
我不爱她还爱谁？

一只云雀飞下地，
我若娶妻单娶你！

不爱云雀好身材，
不爱云雀声和谐。

最爱此雀落地时，
一片云从日边来！

理想之死本来少，
已经有人抢去了。

求爱得生若非假，
我待飞行君待架！

一九三七年三月作于巴黎

归　路

归路不在海，
归路不在天，
归路不在陆，
归路在民间。

海上路寥廓，
陆上路狭窄，
天上远别离，
民间路当归。

一九三八年三月作于伦敦

新　生

这里有我的新生，
它还在将生，未生，
有光，有热也有力，
缺只缺少个肉身！

"中国是我的身躯，"
一言还存在国际，
日新，日日又日新，
火花里有凤来仪！

四万万男女兄弟，
这本小册子献你，
看过忘了没打紧，
要用行动来答礼！

行动是真身体，
行动是真新生，
行动是你也是我，
也救你我永生！

八月六日

纪念高尔基

高尔基的著作，我本来看过的很少，也不很喜欢看。高尔基，无论在时间上，在空间上，是无产阶级文学作家中之第一人。可是，为了艺术上的满足吗？我时常去看托尔斯泰的小说。为了内容，比较地，我喜欢看苏联新进作家的作品。他们没有高尔基那样大的天才，但是他们所描写的生活很踏实，他们描写得也很踏实。

高尔基是劳动者出身的大作家，但他的著作里有很浓厚的知识分子的气氛。他的杰作《母亲》在德国曾被改作为剧本，我看过它的演出之后，情绪上，思想上，觉得很快乐，但没有艺术上的满足。有一次同一个朋友在德国看电影，也是由高尔基的小说改制的影片，很有力量，可是这力量不是行动的力量，却是情绪上的力量。看完后，我的朋友很喜欢，但我只能说：罗曼替克！

自然，这十年来，看小说的时间和兴趣都很少了。舞台上的艺术吗？爱森斯坦所监制的影片成了我所惟一满足的艺术作品。因此，虽是由高尔基的小说所改制的影片和演剧，比较起来，总是相形见绌的。

高尔基描写列宁的那个小册子，我比较是最喜欢看的。列宁发见了他以嘲笑答复难堪的时候，笑得要流出眼泪来。他们都有活像孩子的时候。

高尔基近几年写的关于艺术，文学的论文，我是很喜欢看，特别是当他说艺术是一种行为的时候。关于实际运动，如反战运动等，他也发表了可宝贵的意见。

他最后一次回到故乡以后，不但在文学上，在一般文化上，就是在实际生活上，也有极大的影响，超过了托尔斯泰于其时代中所曾占的地位。因此，他越为特罗斯基派所嫉视，以垂老之年，在病危之时，而犹不能免于阴谋和加害！

在整个的苏联文学史上，在世界文学史上，没有他，没有他的著作，就像是没有到无产阶级文学的道路，上下就连不起来。除巴尔比塞和罗曼罗兰外，世界的文学家中，没有人可以同他比较。但巴尔比塞之重要特别是在反帝，反战，中国人民之友等实际行动，罗曼罗兰则在一般的文化思想，所以，高尔基是从阶级文学到人类文学的惟一的主脉。

巴尔比塞，高尔基相继死去，罗曼罗兰又衰病相寻，比较晚进而在实际行动上特放异彩，与其说是文学家，宁可说是行动而兼文学的瓦扬古帝律，也忽然于去年逝世。在老成凋谢，人才零落的今日的世界，纪念高尔基，同时也纪念巴尔比塞，瓦扬古帝律，我改正一向来的不良习惯，对于高尔基的文学作品的主观的淡漠视，时常设法抽出一点闲暇时间来看他的书，特别是他的小说，来作一番比较确实的科学的研究。

香港《中国晚报》 七月十日

《全民战争》

　　国防科学的著，译，出版的很少，很可怪。卢登道夫的《全民战争》（Der Totale Krieg），倒是很早就译成，出版了。这本书，不能够说是现代国防科学上的一本代表著作，也不能代表德国的"新兴国防科学"。但在外国，他被认为是一本代表德国军国思想和法西〔斯〕主义的书。全民国家和全民战争混和起来，就是全套的德国全民主义。不过，我们看这本书的时候，总会比希特勒的著作感到较多的兴味，因它离的较近，而又以军事为主要内容。

　　卢登道夫，在一般德国人的心目中，是仅次于兴登堡的大军人。在军事学上的地位，远过于兴登堡。兴登堡死后，他的地位更高起来。他可以给希特勒写信称你。在明星和柏林都有他的出版部。他办有个人杂志。可惜在他去世以前不久，因为西班牙参战问题同希特勒的意见不一样，在他的杂志著论批评，也居然惹出事来，他的出版部居然也被捣毁过一次。不过终于算和解了。希特勒向他道了歉，他也把希特勒着实鼓励了一番。

　　卢登道夫本其在世界大战所特有的经验而事写作，所以他的著作中，有极多可引人重视之处。不过他的理论却大抵是错误的。世界大战中德国之所以失败的原因和现在第三帝国前途之暗澹，都反映在他的理论之中。他的著作的出版之常引起世界的惊奇，其原因也在此。但其结果，也止于为人所惊奇而已。至对其本国的军人，影响当然是很大的。

　　战争之性质上的变化，已见于世界大战，而在现在更加甚。经验丰富的军事学家们，对此都有手足无所措之感，如入雾中。战争本是政治行动的一种手段。可是到现在，其能否是一种手段，已发生问题。战争在现在，其本身已有首尾不相照应之苦，就像蛇足太多，反而不便于行。军事学上的中心问题，"如何可以制胜？"到现在变而为"如何才不至于失败，才不至于自身瓦解？"军事学家们对于这个致命的问题，虽极尽其思索探险之能事，然而始终是得不到解决的方法，其结果也只能"姑备一说"，而望洋兴叹。把这个表现得最好的就是英国的天才军事学家，佛勒（Fuller）。卢登道夫，虽不愿触到军事学理论之边极，而代之以种族的信念，而现代战争的本质，于此，也就充分地反映出来了。

战争既不胜任于用以达到政治的目的，所以好战者之怀疑到政治本身，又进而主张政治从属于战事，也是很合理的结果。卢登道夫更是以修正克劳塞维茨之不朽的战争理论自负的人。其实，战争的性质虽变了，战争的基本原则却没有变。政治而从属于战争，其实就是对于政治的一种否定，因而也就是对于战争本身的一种原则上的否定。

政治是军事的指南。战争而失却政治上的领导作用，便是一种盲目的行动。但是，战争不能自安于盲目，所以卢登道夫把这种领导作用求之于精神统一和种族主义。种族主义既无科学上的根据，精神统一也是离开事实的空想。这就像诀别了政治，退回去又抓神的衣襟，其无救于大将之蹶，更无须乎例证。

再进而检查卢登道夫之所谓全民战争，究竟是不是真正的全民战争？现代的战争，其攻击的对象非只军队，而是全民，然不能因此而命之为全民战争。直接，间接地都须参加，也不能作为全民战争之命名的理由。因其非出于人民的意志，人民可以参加它，但同时也在反对它，在转变它。如战争而出于人民的意志，便必须通过政治，以政治来运用战争。这样才可以称之为全民战争，但在法西〔斯〕主义的国里是不能有的。战争的性质变化到如现在的样子，只有全民作战才能够取胜。否则只有失败和相对地未败，而无胜利。世界大战已经显示了这种真理，而在未来的战争将更加显明。所以好战的军事学家只得称之为全民战争，而建筑所谓全民于精神统一和种族主义之上，以作胜利之理论上的基础，而求心理的安慰。卢登道夫便是其最好的代表人物。

经济的条件制约科学技术的发达，科学技术又一新经济生活的面目。军事为经济，技术所制约，于是由量而变到质而成"武器否定战争"的现象。军事学家们不是没有感到这真理，只是不愿意承认它，卢登道夫更是这个样，他以为用最高形态，也是最后形态的金融统制，即直接运用国家机关，统制全国经济可以使它鞠躬尽瘁地为战争服务。政治，经济，科学，都得从属于战争，理想很圆满，可是这样一来，战争就被他头朝下倒吊起来了。由这样观点出发，世界大战中整个失败的经验，只增长了他的固执和偏激。

为了补救战争本身所发生的不可救药的缺点，军事学家于精神统一之外，不能不去想其他的办法。速战速决，在理论上，也是一种最完满的办法了。但无如世界大战的经验，速战速决，直战到四年之久而其实还是决而未决。再就是经济准备。因为知道了失败的原因十之九是经济的，所以只得先事来准备。准备了又准备，结果是没有准备妥当的时候。三是希望有一个万能的将帅忽然出现。这样的将帅，不但指导战争，指导经济和财政，还得指导政治，指导全国人民的思想。这样的将帅在人类的历史上几乎没有出现过，既不是卢登道夫自己又不是希特勒，这纯然是一种理想上的人物。

卢登道夫之所谓"全民战争"就只得这样结束了。这不是全民战争，这是法西〔斯〕主义的侵略战争。真正的全民战争是革命的战争，为人民而战，人民作战，由人民而指导。

六月二十八日在香港

《差半车麦秸》

（姚雪垠作，发表在《文艺阵地》一卷三号）

一个旅德的中国工友住在一个德国人的家里。一天，房主妇给他收拾房子的时候，在他的床铺上发见了一个虱子，她便把来装在一个瓶子里，回头给那个工友看。那个工友受了这一个教训之后，他再也不敢保存一个虱子在他的身边了。

虱子的故事，几乎使我不能把这个短篇小说《差半车麦秸》看下去。姚雪垠先生把它们保存在一面镜子里边了。到我看完之后，我觉得仍然很满意，我看了一篇很好的短篇小说。很好的短篇小说，在这时是很难看到的。

有一种庸俗的见解很容易来侵袭文艺的"领空"，这就是写故事必须血战，写人物必须英雄，文字必须流畅，好像一篇中国式的演说记录。我不以为这样故事是绝对不可以写的，因为有时候，这样故事的流布，很可以收到相当的宣传效果。可是，这与文艺创作，距离颇远。文艺创作，在其表现真实的生活内容之外，所须具备的是一种煽动的力量。《差半车麦秸》的描写就说明作者对于这种庸俗的见解是拒绝了。

"差半车麦秸"就这名字很可笑，怎么也不能够同一个英雄的绰号，排列在一起。但他是一个真正的小说里边的英雄。因为他所代表了的，不是三五个特殊的英雄人物，却是一般的人民。一个文天祥无补于宋朝的危亡。何况有历史在为他描写。文艺的职责是在描写一般人民的生活内容。人民才是民族的真正的代表者。民族文艺是在为人民服务。

"差半车麦秸"不是一个志士，但他有深藏的抗日意志。他不是一个英雄，但他为民族而牺牲，其纯洁绝非某种英雄人物之所能及。他在斗争中所有的镇静，才是中国民族的真正的传统的镇静，是那样自然而毫无矫揉造作的痕迹，那样平常，镇静而自忘其难能可贵。中国不亡，因为有人民在。

智识是非常落后，但他忠实而不执拗。所以其始也那样而终也这样，由怕兵而武装了自己。"有寡人出京……"这样歌词从他的嘴里唱出，因此就使人忘其原词的内容。

姚先生不但选择了适当的内容，描写的技术也可以说恰到好处。很自然，毫无吃力处，而活跃纸上。我们现在需要的，正是这样作品。文艺作家们在这时应该担任一种实际的工作，也需要到前线上去，但也可以同时从事于创作，或只短篇的创作，描写在这个时期的中国人民的生活，以尽文艺的责任，为人民写作，给人民阅读，更进而鼓励人民，武装的，尤其是未武装的。

六月二十六日

实验的国防科学

近一年来，中国的学术界之最值得注意的事，是实验科学的提倡。可是，吵得比这个热闹得多的问题，却是新哲学系统的建设的问题。

前年的夏天，我在 Frankfort 中国学院看到 Senica 上有一篇文字讲到中国的新哲学。大意说，中国还没有新哲学，原因是，中国人还没有消化了欧洲的学术上的滋养料。这一年来中国学术界之要求新哲学的产生，虽未必就是受了这种刺激后的一种反应，但也许不是没有关系的。新哲学的要求之积极的产生原因，当然是由于实际生活上的迫切需要。这一年来，中国人民之抗日救国的意志已经一致地长成了，因而进一步就要求到 Ideolegy 上的一致。孔，墨，佛，耶的学说既不能适应现代的需要，外国输入的理论有些人不愿意采用，因而便想到建立新哲学的系统。无论如何，不能够说这是没有理由的事。

但是，肯定一种努力的价值，同分析那种努力所由产生的认识上的根据，同鉴别那种努力所达到的效果，是并行不悖的事。我们意见，则以为，可作为中国学术界之没有消化欧洲学术上的滋养料之证据的，不是新哲学之缺乏，反而是新哲学之粗制滥造。再则，足以达到中国人民 Ideology 上的统一的，也不是一种新哲学，而是别的学问。

为什么中国不需要新哲学，也不能有新哲学产生，我在《中国新文化的个性》一文中已约略讲过了。至于，什么学问才可以，也将要助成中国人民之 Ideology 上的统一呢？我的意见是：国防科学。

一经讲到国防科学，哲学上的问题就又引起来了。国防科学中不是有国防哲学吗？我的答案是：中国需要国防哲学，可是需要从新来建立的却是国防的原则，它应当是一门科学。为什么我们必须要建立国防原则的科学呢？因为只有科学才能适应我们现在的要求，只有科学才可以是实验的。因为国防原则的科学才是实验的科学，而国防哲学却只是一种有系统的思想。

这样看来，吵得很热闹的新哲学的建立的问题，是应当，也必须，也只能以实验科学的推广，尤其是国防科学的建立来解决。科学界，因此，也就得一改从前狷介的积习，而向着哲学界取那种进取态度。国防科学界自身的努力，当然是最重要的事。但可惜直到现在，中国还没有国防科学界。研究国防科学的人当然也不少，但始终还没有团结起来，还没有很多表现。国防科学的出版物也非常稀罕。只有几册翻译的教本当然是不够的。另外有几种译本，倒是颇有价值的国防科学上的著作，但因为是零散出版的，所以很少人能意识到它们是一种国防科学。王光祈先生译的《战争经济和经济战争》，就是其中的一种。近来从新闻纸上的广告可以知道有二十种国防问题丛书在出版了。这类小册子，当然可以供给一般民众以不少必需的国防知识，虽离国防上的基本问题还很远，但已是很可喜的现象。

时代在这样要求，但是，一九三七年，会不会是中国的国防科学年呢，这就要决之于国防科学的讨论者们自身的努力了。如我今年能够回到中国，我将为这个展览会尽一点筹备的责任。

一九三七，一，二，于巴黎

原载 1937 年 3 月《科学时报》第 4 卷第 3 期

国防科学

国防科学这一个名词在中国的出版物上还没有看见过。以国防为内容的小册子，著作和翻译，是有一些了。在欧洲，国防两字的应用很是普遍。军事学的范围，无论哪一国，都扩充得很大。可是，除德国外，用国防科学这个名词的，也是很少。一般的仍把它叫做军事学或战争学。在德国呢，国防科学的出版物却非常之多。分门别类，十分精密。内容当多富于侵略意味，与名适成相反。近代武器发达，战略上愈多以攻为守论调，在德意两国更趋极端。杜埃的制空理论，举世震惊。班斯的国防科学在德大学秘密讲授，出版后，便沸腾了全欧的舆论。德国一般的国防科学著述，像班斯那样乖戾的，虽也是少数。但少数的例外，如封麦砦将军等外，多少都有一点班斯气味。所以比较地英法的军事学，战争学著述反近于国防科学。即如全体性战争，在武器科学上当然有其客观原因。可是在意识形态上染了深黑的色泽的，却是德国的国防科学的著作家们。所以法国自人民阵线政府成立，达拉第任国防部长后，创办国防大学，大事研究全体性战争，多少有偏于防御的性质在内。至于在技术上，德国的国防科学有极多的独到之处，确实是不能否认的事。

但是，不管法国怎样比德国较有防御意味，他们的军事学和战争学一样还是侵略性的。这也不完全因为近代的武器教坏了他们，也因为他们还有些旧性难改。连最稳健的保尔德温也不能不说，英国的防线是在莱茵河上。这当然不是同中国的防线在大阪时意义完全一样的。

真正作防御战，真正能够建立国防科学的，在这个世界上不止有中国一国，但中国是有最合适的条件的国中之一。没有人能够否认，中国的对日作战之纯国防战争性。中国人还没有正式建立起国防科学来，但是有什么土壤，就有什么植物。所以这是不为而不是不能。这种不为，的确使中国吃了很大的亏。这亏还没有吃完，也许还要吃更大的。因为国防科学，在现在，来得已嫌太晚。

中国古代有最完善精切的国防科学，可是被中国人忘记了。这科学比克罗斯威茨的理论有过之无不及。其精华，到现在仍是现在的。这科学就是《孙子》十三篇。在这里占国防之首要位置的，是政治，是外交，是军备，而最后才是战争。有名的孙膑赛马的故事是中国古代军事出类拔萃地以采用数学方法而制胜的又一例证。以有两胜的概然代替只有一胜的概然，质量不变而胜负易势。其他以寡敌众，出奇制胜的战役，在历史上更不胜枚举。可惜这种种，在中国，几乎都失传了。

这些年来翻译的一些军事教本离完备实在太远。大部分又是从日本翻译来的。日本人的军事学本来就够渗杂了。把日本的军事理论应用于我们的民族，更是牛头不对马嘴。

欧洲新兴的国防科学已经是很复杂的一个科学集团。门类很多。这里只举其大略：国防哲学；国防心理学；国防政治学；国防经济学；战略学；战术学；作战计划和行军；国防地理学；气象学；海，陆，空学；毒气化学；细菌战争；武器学；电力武器；军需工业；宣传学；民众组织学；机械化和汽车化；运输，无限电信；防毒；救护等等。把这些门类一一地加以述说，本文中不能够，也不是本文的责任。所以这里只约略地讲到几种，而且只讲什么是中国所需要和中国人所能为力的。

在我对于国防科学的建筑中，国防哲学是被国防的原则所代替了。国防原则，是一切国防行动的总法则，可以共通于国防科学中任何部门的。

巴夫洛夫的实验证明人类神经系统的活动，在一切制约的反射中有两种非制约的反射，是营养反射和防御反射。人类的集体行动，形态繁复，变化多端，但加以精密的分析，在一切的制约的行动之外，非制约的行动，实在很少。而人类的集体的防御行动，即民族的国防行动，就是非制约的行动中的一种。自有民族以来，就有国防。一个民族，在平日，内部尽内斗殴纷争，可是一有国防的警报到时，就能有共同一致的行动。除非那个民族的机构已经大半死灭。国防不但是一个国家所必有的效应之一，也是国家所以成立的一个基本条件。秦始皇统一中国以后，修筑了万里长城。黄帝建国的传说，是发端于逐蚩尤的一战。美国建立民主国家，和德国的统一，也都是国防战争胜利的下文。以力服人，不如以德，所以历史上一个统治阶级的勃兴，常以国防战争为相伴的条件，是很逻辑的事。在战争的时候，国防是最好的号召方法，战争一经过去，国防就像凯旋碑一样，成了一个国家最美丽的装饰。这个国家，以后如再对外作战，就像戏台上戴雉翎的小生，有了侵略者的意味。或者年长日久，国防机构败坏死灭，遇到帝国来犯，不能抵御，国家因而瓦解，或为新统治者取而代之，或民族一时变为奴隶。所以，国防是国家成立的基础，是国家必须具备的条件。如国防失效，国家便要灭亡。如一个民族缺乏了有效的国防行动，就像一个人缺乏了防御的行为，遇到外来的侵犯，就要大祸临头。

一个民族必须有土地，就像一个人必须有身体一样。国家因土地而建立，就像人依身体而动作。人用动作来保护身体，民族以国家，以国防的集体行动保卫土地。楚国的采桑妇到吴国的境内采桑，不是吴国的采桑妇个人的防御问题，而是吴国整个国家的国防问题。日机轰炸了上海的工厂，资本家，工头，工人的利益都受到侵犯。所以国防行动是一个民族的共同一致的行动，一寸土地的侵犯，就是国防的侵犯。保卫每一寸土地，就是国防行动的起点。

这些年来，中国民族的基本的国防行动，弄得异常歪曲。幸而还没有绝灭。所以，当受到最后的最大的侵犯时，共同一致的国防行动终被促成。而民族的生机，也因此而孳长。

国防行动，在现在的世界，已进化，发展而成科学的行动。只有国防行动不一定就起国防的效应。因此，需要科学的国防行动，需要国防科学。

国防科学，在国防的原则之次，最重要的是国防政治学。国防原则如比做国防行动的脑筋，国防政治就是国防运动的眼目。自有国防以来，国防政治一向就重要。国防一旦存在，国防政治的重要性也存在的。政治有广狭二义。伐谋，伐交，固是政治，伐兵也是政治。广义的政治含有一切政策在内。

对于国防行动有正确的认识，理解了国防行动的原则，知道国防行动，必需的技术上的条件，这样，就可能有原则的国防行动了。可是一个民族，如一个人，如一般的物理现集，真正要行动起来，运动起来，必须有一个方向。处理这个方向的问题，就是政治的功用。有总的方向，又有个别的方向，因此有总的政策和个别的政策。即如民族文艺，一经用政治来加以处理，就有了文艺政策，文艺同政治就发生有机的关系。在国防政治上需要有总的国防政策，也需要有分的个别政策。政治定好了方向，一切国防行动就可以像一架复杂的机器一样和谐地运动起来了。

国防政治的本身也是一种行动，必须运动。用普通话说，就是，必须有人去做。什么人去做呢？国防科学的回答是，全体人民去做。全体人民如何去做呢？就是用代表的方法，用选举的方法。那些人是最适合的人民的代表者呢？就是各业人民中最有政治觉悟的分子和一切对政治有专门研究的人。如何去做？用集议的方法。因此，政治行动不是一种特异的行动，不是高出一切的行动，而是行动中的行动，由民族的总行动而来，而给总行动以明确的方向。谁对于民主有所不满，可以把这个叫做是科学的政治，民族行动之力学的和谐的配合。

国防政治的基础是国防经济。经济有广狭二义。广义的经济是民族生存的总机构，各个人的行为的经济性。狭义的经济是一般的经济行动。一般的经济行动，是政治行动的，重要的一个条件。现代的武器制约现代的战争而为全体经济战争，所以一个民族的经济行动必须统一在一个目标下，统一于国防的目标。这就是国防经济。受地理的限制，和近代武器所要求的物质之大量的限度，没有一个民族能够单独遂行其国防经济的。因此，国防经济与国防政治的关系就越发密切起来。国防经济不止是需要国防政治的指南，不止是有赖于国防政策和国防经济政策，而且与外交也成为不可分离的，在国防经济政策下又必伴之以国防外交政策。

政治是战略的战略，战略是战术的政治。战术因武器而变化。战略的基础是空间的位置。国防科学中的战略学和军事学中的没有二致。古代的战略学上的原则，也还有很多可以应用，或变化，或应用于现代的战争。至于战术，则变革更大也更快。战术，作战计划和行军，气象学，海陆空学等，一般军事书籍讲得很多，所以这里暂无述说的必要。

国防地理学是很有趣味，也是很重要的一种国防科学。法国还有一种叫国防政治地理学。国防行动的舞台是土地，国防地理学是国防科学的基础。国防地理学又分为静力的国防地理和动力的国防地理两种。河山形势风俗是静力的，人口，经济政治是动力的。中国讲国防地理的书还没有看见。旧日的地理军事著述，是一些内战指导，离国防地理很远。进而有地志学，有经济地理学，但还没有国防地理学。

宣传学所研究的是国际宣传和对敌国人民的宣传。宣传是近代战争的有力武器中的一种。中国还只有对本国人民的宣传，在欧洲，这种工作是属于民众组织的范围。中国缺乏宣传武器，外国的中国之友替中国宣传，借与这种高价的武器。但我们还必须自己动手来制造，生产。这比军事工业来的容易一点，它是一种文化工业。

民众组织，一般书籍讲得最多。但有些人把这个误会成是一种纯粹宣传。也许讲的人也有引人误会之处。但民众组织学却是国防科学中的一个重要的部门，由于近代武器的发展而要求，而生成的。所以认识国防科学的重要性的人，对于一般民众组织的文字实有留意之必要，国防科学中的民众组织，一是防空组织，二是战地服务，三是人民武装，四是人民的政治动员。民众组织以做到这四种形态的为最满意。由人民的政治动员而形成普遍的基本的大众组织，民族的力量的集中，巩固到最大限度，一个民族才真像一个人，一个身体，有统一的感觉，思想，和统一的行动。一个革命的民族所以有战胜侵略者的可能，也因为有这一种独特的优势。因为一个侵略国，要想把民众都组织起来参加侵略的行动是绝对办不到的事。所以民众组织学之于中国，是比食量更重要的东西。而出版物的较多，实质地仍是太少，急切需要留心国防科学的人与以充分的注意，而科学的方法，用行动的实验方法加以更进一步的研究。

运输多趋向于广用汽车公路。德国的汽车网是其备战的主要工作之一。汽车的构造，日新月异，速度增加，形式轻便，军民两便。别说德国，就与国防较落后的荷兰国比，汽车运输上的中国真像是无足之鼎，连搬动都不容易。修公路，造汽车，最便宜，也最快，中国需要更大的努力，也需要最新的技术。

无线电是现代战争中的神经系统，军事联络，情报传递，民众广播，乃至国际宣传，都靠这个。中国民众，识字的少，无线电的广泛采用，更是需要。其他如防毒，救护，都各成一科。出版物间或也有几种。日军之逐渐广用毒气，乃至使用细菌及电力武器，都是意中的事。别国在和平时期都日不暇给地研究这些学问，中国已在战时，在危急存亡的最后［光］[1]关头，如何反能大拉拉地以为什么都不要紧，不肯去用一番心思？毒气，细菌，虽然危险，但电力武器，危险性更大过百倍。电力可用以驶机投弹，开放机枪，更进而电力放射，由有形更进而为无形。无形见而死亡，可以说达到杀伐恐怖之顶点了。只有认识了它，有方法防御它，才可以把它变成平常的现象，变成可以克服的现象。

国防科学这样繁复，这样切要，需要集合很多专家，自然科学的，军事学的，社会科学的，来共同研究，需要出版大量杂志，丛书和通俗小册子讲述，需要设立图书馆，把各国军事学，战争学，国防科学的著作，军事杂志，尽量地收集起来以作研究资料，参考；需要办国防大学养成大批专门人才，需要在各学校添授国防科学一科，需要时常举行露天讲演，并制教育影片向一般民众传布国防知识。可是在这一切之外，最需要的是国防政治认识的广播和实际的国防政治的确立。因为这个，就是不是一切国防运动上的，一切国防科学研究上的锁钥，可总是它们的引线。

以这样简短文字来讲国防科学，只要能够引起读者的注意，知道了有这么一种科学，注意到它的切要，也就够了。其他的都俟之异日。

原载《战时文化》第 1 卷第 5、6 期合刊

---

[1] "［　］"表示衍字。

国防经济建设和中苏国防互助

抗战已经进到一个新的阶段了，我们将拿什么来反应这个新阶段呢？我们必须立定一些什么标准，坚守一些什么戒条，才能够有保证的力量转守为攻，由守而进取，以求有较小的牺牲，较短的时间，取得最后的胜利？

人民是最主要的力量，组织人民是最主要的工作。可是在组织人民之次，与组织人民有不可分离的联带关系的，就是国防经济的建设的工作。如不建设国防经济，多数人民生活没有保障，如何能发挥力量，建立组织？如不建设国防经济，训练好的民兵没有枪械，前线部队没有充分的近代武器供给，如何能发挥攻取的战斗力量？如没有充足的经济供给，没有大量的机械采用，重炮、汽车和飞机种种，如何生产，如何运用？这样看来，建设国防经济就是抗战新阶段的主要工作中的一种。

在这个新阶段中，我们必须立定一些什么标准，以作国防经济建设的尺度？我们的前线将领都已有了寸土不轻易放弃的决心。要保证他们的决心成为事实，必须有实际力量上的供给。在广东，湖南，我们已采用了坚强的反攻战略。这还不算，还必须更进一步，规划到武汉的收复，陕西，宁夏的坚守，才能够支持住长期的坚持战局。我们的土地虽然很大，保卫土地的战争虽然已十分英勇，可是我们仍然需要制定一定的区域，认为是神圣的，尊严的国防地带，不准敌人的一手一指的触犯。这就是我们所应立定的三个标准。照这三个标准，发动一切可能的力量，制定严密的科学的计划，集中运用，指日完成，这样建设国防经济，就是新阶段中应急起力行的重大任务。所应划为神圣，尊严，不容触犯的国防地带，可以包括四川，贵州，云南，广西，西康，陕西，宁夏，甘肃，青海，新疆十省在内。有与这三个标准相违反的一切行动，就应认为是不可触犯的戒条，一切军民有必须坚守的义务。

建设国防经济需要的是三种力量。这就是劳动的力量，资财的力量，技术的力量。劳动的力量在我们是无限的，缺乏的只是组织，运用。资财的力量，可以引用国外存款，国内游资和运用合作方法。技术的力量可以动员科学人才，聘请外国工程师。在建设的初期，可以从外国购进机器和缺乏的原料。

有人主张引用外资来建设国防经济。这事的可能性并不很大。而且中国建设国防经济，只要是发动全国的财力来做，困难问题不在资本。借外资作辅助，是可能的。困难是在技术方面；技术人才和技术设备。特别是军事工业，如没有国防共同利害的国家，技术援助，不但难办到，而且要不得。我们已经吃尽了德国和意大利的亏。国防互助必须，也只能行之于国防上有联带关系的国家，如法苏，如英法，如第三帝国以前的德苏。特别是以前的德苏国防互助，最好给我们以参考。我们同苏联建立国防互助的关系，不但可能，而且必需。苏联在技术上像是以前的德国，而我们像是苏联。在一般的技术设备上，在去年，苏联已有大量机器廉价输到南美洲去，今年并且也输出到欧洲各国。

人都知道五年计划完成了苏联的经济建设，可是很少人明确地意识到五年计划，特别是第一个五年计划，完成的是苏联的国防经济建设。在第一个五年计划中，苏联的人民吃尽千辛万苦从事于国防工业基础的重工业的确立。人民的生活非常节约，人民中活动分子的劳动时间非常之长。那时是在和平时期。中国在战时才从头建立国防工业，除比苏联需吃更多苦之外，在设计，技术方面，有很多可供参考之处。因此，中苏国防互助，就有很多便利地方，为相类似的客观条件所促成的。在资源上，中国现在缺乏的钢铁，煤油，苏联很有富余，中国也输出苏联所缺乏的药材，毛皮，生丝等类。在交通上，中苏的联系，是无法可以打破的。日本是中苏的共同敌人。而在这一切之上，为中苏互助之最好的基础，已为最大多数人民所认识，而富裕友人也不反对，也无所用其疑虑的是：中国和苏联一样都是革命的国家，是再建人类新文明的民族。

我们必须马上动手来建设国防经济。这是最后胜利的一个必需条件。动手再晚，将要受更多的牺牲。劳动，资本，技术，国防互助这种种方面，都没有困难的问题。可是无论如何容易的事，总须有人去做，有力量去运用，才能完成。这就决之于民众基础，政治人才和行政之科学的组织。

十二, 六

原载 1938 年 12 月 1 日《中苏文化》第 3 卷第 3 期

展开沦陷区域的文化工作

沦陷区域里的文化工作的目的在于发动和扩大沦陷区域里的抗战力量，使敌人"平静的"后方成为战场。这工作有着两层意义，第一、敌人的侵略力量是有限的，它为了应付我们坚强的抗战，不得不利用占领区域里的一切人力，物力，资力作为"皇军"的补充和给养。当然，这种"以华制华"的方法是极为毒辣的，但要是被它所占领的区域成为游击战场，那么敌人的阴谋不攻自破。第二、不但使敌人用了最大代价所攻下的土地，于它一无所用，而且将因战线的延长，兵力不够配备的缘故遭受极大的困难。特别要指出的，这样前后受敌，左右夹攻，实是加速敌人崩溃的最好策略。

在沦陷区域，文化工作的对象除了我们的亲爱的同胞以外，还有敌伪的士兵。对于敌伪［的］士兵，我们一样要进行我们的文化工作，我们要使得他们了解他们是和我们一样的被压迫者，他们是受着军阀的可耻的欺骗，他们来到中国土地上作战是来屠杀自己的兄弟伴侣，我们要争取他们的反正，争取他们参加统一的抗日战线。对于我们的同胞，文化工作者应该提高他们的抗战意识和抗战热情，使得他们坚决地行动起来。这样全沦陷区的我们忠勇的同胞，和反正过来的有着强烈的正义感的士兵团结成功的队伍，将是打击敌人的最伟大的力量。

沦陷区域的文化工作无可避免地要与"王道文化"发生险恶的遭遇战。我们一定要无情地用科学去进攻迷信，用真实来袭击欺骗和造谣。迷信，麻醉，造谣和欺骗是"王道文化"的全部精神。粉碎"王道文化"——是沦陷区域里的文化工作者当前迫切的课题。

一方面是粉碎敌人的"王道文化"，一方面还要积极地展开我们的文化工作。自然，粉碎敌人的文化工作也为的要建立我们自己的文化工作。我们要把社会科学的知识和自然科学的知识在日常生活，日常事件的解释上传授给我们的对象，使他们了解世界和人生。而最后的要求是归〔结〕到〔对〕抗日战争的更认识和更热情，进而发生爱祖国，为祖国而战的实际的行动，予打击者以打击。但是，在方法上，必须运用最通俗的形式，而所用的文字，也必须是一向为民众所懂得的，可说是属于民众自己的文字。

当然，在敌人占领区域里，在敌人的魔手底下进行抗战文化工作，这一种工作是"地下室"的工作，自是非常艰苦的。不但因为环境的恶劣的缘故，在工作的展开上随时随地要遇到困难□□□□且因为工作的特殊和复杂的缘故，沦陷区的文化工作者必须具备高度的政治的警觉性和□□□能才足胜任而愉快。

原载 1938 年 12 月 3 日《抗战文艺》第 3 卷第 1 期

新中国是一个新天下

中国，
站起来了，
像一个壮年的人，
同侮辱永诀了，
来接受欢迎。

中国，
是在进军，
像新成立的部队，
一切战斗力量，
都编制在这里。

中国，
侵略者的死敌，
世界和平的前卫，
从血泊中喊杀来了，
喊声震遍天地。
喊声集合起和平同盟，
喊声动摇了敌人的灵魂，
侵略者将连袂地倒了，

中国从血泊里升起，
仍在喊杀不停。

在喊杀声中，
多少弟兄埋葬在，
这个血泊之家，
仁者无敌，
要把敌逐出天涯！

中国，
世界的新英雄，
怀抱着胜利走来了，
向全世界的苦难，
向未来的光荣走来了。

英雄，
穿着新的血衣，
血来自自己腕底，
烧红着晓日，
从天涯升起。

敌人将绝迹了，
英雄血红化天涯，
遍地都映日华，
和平得救了，
新中国应受迎迓。

光荣归于中国，
全世界光荣复活，
新中国将仍前进，
向世界的苦难，

向人类的永乐。

劳动里没有休假，
英雄也没有自家。
全世界都站起来了，
在欢迎新中国，
一个新式的天下。

十二，一

原载 1938 年 12 月 17 日《抗战文艺》第 3 卷第 3 期

我们对于抗战诗歌的意见

——在诗歌座谈会上的发言

参加人：厂民　老舍　方殷　何容　李华飞　梅林

长虹　蓬子　蒙克　袁勃　鲜鱼羊　程铮

方殷：抗战诗歌的任务，把抗战诗歌检讨一下。

老舍：今天，抗战诗歌的任务，我认为有三方面：一，在感情上，激发民众的抗战情绪。二，在技巧上，不论音节文字要普遍的使民众接受，普遍的激动民众。三，思想上，正面发扬抗战意识，反面检除汉奸倾向。

新诗也应该注意平仄。…………我不希望走上旧的道路，但旧时的字的调动，音节的妙处，可以供我们参考。…………我以为感情方面，今天是个好时机，逢到这样伟大的时代，壮烈的抗战，很可以激发起我们愤怒激昂的情绪了。我们要努力地抓住这个时代，不然，时代过去了，小说有好的，诗文又一无所有。大的感情不可再放过去。

方殷：我们倒希望吸取旧的好的汁液去创造新的！

蓬子：除了接受旧的遗产外，更重要的，诗人得过现实的战斗生活。

袁勃：抗战以后的诗当然有许多进步，但战场上的壮烈图画，却没有看见一首真实而又感人的歌颂。…………元曲可以看做中国诗向伟大处发展的一个解放，但被五四以来的新诗人所忽视了，仅仅学习了西洋诗的风格，而没有运用本国文字语言吟咏时代伟大声音的能力，所以一到抗战开始，就不能充分表现它的力量。

魏孟克：要写别一群，那就得用一番苦工，到别一群中去体验，而这体验，又不能取旁观者的态度，必须有了如同身受的实感这才能够一同苦恼，一同欢笑，创作出真实的东西来，使读者也发生跟作者相同的实感，浮起共鸣。

方殷：对于检讨抗战诗，我有三点意见：一，从五四到今天的诗歌运动，有许多地方是进步的，但却没有很好的作品出现。二，在诗歌上表现得很显明的是欧化，……但诗却没有脱去唐宋旧诗的情绪，直到如此，还没有脱去个人主义的情调。三，诗的语言，也没有脱去旧的滥调，非常微弱。这是最应该强调的一个问题。同时我，深切的感觉到，诗人的修养不够，没有接受旧有艺术的优点，也没有创造出崭新的诗的语言。

厂民：我看到的缺点很另碎：第一，像一般人常说到的，诗歌的口号标语化。除了这，还有"公式化"与"尾巴主义"。第二，说到抽象，就想到了抗战诗歌的软弱无力，对于当前伟大的场面，不能具体地真切地表现，到今天为止，我们见到了多少描写战斗生活的逼真动人的诗歌了呢？第三，感伤气分太浓。……我们要写好的诗，应该有深刻的实生活的体验，同时，更该有尝试走新的道路的勇气……

长虹：刚才诸位对于抗战诗歌的意见和批评，说得很多很好。我对于诗的意见，是一般人还不能准确的把捉中心事实来描写，不能具体的来描写。还需要成为更大的运动诗是给大多数人民来看的，民众是民族的动力，抗战最基本的力量。因此，诗即要为他们而写，或为此种动力的表现，形式与内容都要以此作准则。现在诗歌运动很热烈，正是艺术动员的现象。在技巧方面希望大家互相推动，使诗歌发展，同时，可以把时代推动。

方殷：高先生贡献了我们很好的意见。请大家继续多多发言。

原载 1938 年 12 月 17 日《抗战文艺》第 3 卷第 3 期

参加一个青年集会的感言

一天，我去参加一个青年的集会，想在那里看一看青年运动的实在情况。初到的时候，觉得秩序是很好的，青年们，看来也都很活泼，敏捷，爽直之中也有礼貌。我想，我也许可以听到几个青年朋友的演讲。不料到开会以后，演讲的人都是文化界的朋友，没有一个青年。这样就很困难，我就不能从会场里感觉青年运动的一般情况了。为什么青年们不自己推举出几个朋友来演讲呢？文化界的朋友们，为什么当他们被邀请的时候，不建议推举个青年出来说话呢？这并不是无关重要的事情。一个青年的集会，如不以青年为主体，这就不是一个很进步的青年集会。文化界的朋友们可以参加，赞助，指导，可是不能喧宾夺主，越俎代庖，把青年朋友们挤到群众的地位。如说是青年们是自愿如此，那末的话，青年运动，还必须有力的推动。

青年，在人类中的地位是未来，在中国的地位是希望。中国的青年，对于中国的民族行动，有时候实起动力的作用。中国青年的生活，在世界青年里边，所受的苦难为最多，因此，中国青年所负的未来责任也更大。当我们对于一般的现象不能满意的时候，我们对于青年的希望是不变的。所以，就只是为了爱护我们的青年，也愿意牺牲了一切，把中国改建成一个可以安居的房子，让我们的青年们口在里边居住。

当一般人们，早应该下决心，就只为保卫青年也应抗战的时候，不料反让青年做了抗战的先锋。青年们既有这么大的功绩，就应该受到国家的优待。可是，现在，一般的青年朋友们都感到苦闷，乃竟至偶尔的一次集会里边，自己也分享不到一个演讲的机会。这样情况，不只青年们自己要苦闷，就是爱护青年的人，也不能不为他们苦闷了。可是，苦闷绝不是青年应有的现象！

我不主张青年应领导一切，可是也不能眼看着青年们被挤到人们的后面。在目前青年们最主要的工作，应该是恢复自己的先锋地位。青年们必须积极地活动起来，帮助抗战，巩固国防，学习领导。今天到实际行动中来学习，以预备担负明天的领导。

说起实际的活动来，是不是说，青年们应该从早到晚开会，把书本丢开不看呢？当然不是的。青年，必须读书，学习，课必须上。可是，在书本和课堂外，要到实际生活中求更多更好的学习。还要把实际生活同学校，书志结合起来，在学校里要要求国防的教育，读书志要选读有科学价值的书志。

青年是年龄的差别，不是职业的差别。在学校青年，知识青年之外，最大多数的青年，是工厂劳动的青年，是军事服务的青年。他们有很多是不识字的，他们的苦闷是无从表白的，甚至是感觉不到的。女青年们所受的苦难，当然也更多得多。所以青年们必须要认识自己，不可以因流俗的成见外看了自己的男女兄弟。力量由苦难而生，由团结而成。要把不分职业，不分性别的青年们都团结起来，行动起来，这才能发展出青年的力量，这才能担负民族的先锋，这才能恢复青年的地位。

认识是行动的起点。那末，现在就是行动的时候了！

原载 1939 年 1 月 1 日《今天》旬刊第 16 期

中国文化的行动成分

——从战时文化的发展到国防文化的建立

文化是行动中的一种，是在实际行动的条件之下面产生的。所以，文化和行动，在根本上不可分离。但是，文化行动毕竟有其特殊的形态，而与一般的行动形态不同。在人类行动五种基本的形态中，经济政治行动，结婚行动是属于实际行动，艺术行动，科学行动属于文化行动，而教育行动介于实际行动和文化行动之间。在原始时代的人类，这五种形态的行动还是混合在一起，没有显明的区分。一直到了封建时代，这五种行动的形态才各各发展起来而都成了一种特殊的形态。文化就在这时发达起来。所以文化的发展是由于行动的分化，在分化的过程中而达到了自己的独立。

中国文化的发展当然也遵循着这种客观的过程。不过在种种情形下中国文化和欧洲文化有各别不同的景象。例如欧洲的哲学是由宗教分化而来的，中国的哲学则来自古代的〔论〕说。欧洲的哲学以求知为目的，中国的哲学则以行动为目的。欧洲的传说的主人翁是神，中国传说的主人翁是人。这些都是最主要的区别。

中国传说中的伏羲，神农，是经济行动的象征，是政治行动的象征，也是文化行动的象征。封建时代的周公，是政治家，是军事家，是哲学家，是诗人。传统文化的代表者，孔子，他的思想，是政治，道德，文化，家庭，混合不分的。管子，商鞅是政治家，也是政治著作家。孙子，吴子是军事家，也是军事著作家。屈原是政治家，也是诗人。项羽是军人而诗人。刘邦是政治家而诗人。曹操是政治家，军事家而诗人。诸葛亮是政治家，军事家，科学家而诗人。这些都是实际行动与文化行动混合不分的典型的例证。因此，在行动方面看来，是有丰富的文化成分，在文化方面看来，则又有丰富的行动的成分。

中国文化虽与行动混合在一起，然而这与原始人类的混合则不一样。因为在形态上，是显明地区分出来了。所以，更正确地说，应称之为综合。中国文化既然是一种综合的文化，所以当文化的发展衰落的时候，综合的机构就要失调而成为单方面的发展。周公是综合文化的代表者，而代表文化的孔子却只是一个理想家。战国时期文化发展的结果才又产生了综合文化的管子和孙子，三国时期文化发展而有综合文化的曹操，诸葛亮。

中国文化是在悠长的封建时代成长起来的，所以各时期各有其特殊的形态外，一直地在内容上都属于封建文化。中国文化的创造者同时常是统治者。历史上的平民运动从吴广，刘邦以后就成为一种周期的运动，但在这些运动中常不能孕育出一种平民文化运动来，这就是由于平民之历史的行动力还在很薄弱的阶段。在每一个周期，封建文化都要受到平民运动的影响，但是平民运动的本身中常不能创造出自己的理论系统来，而常以迷信和传说来做行动的指南。就中如平民文艺运动，在各时期中都有一点鼓荡，但直到元代才发展成普遍的运动而成为文艺的主潮，这是由于平民运动在元代是与民族运动合流的缘故。至于平民运动之与平民文化运动合流，则一直到太平天国运动中才算出现。而太平天国运动同时又正是民族运动。也直到这时才产生了平民综合文化的代表人石达开和李秀成。而他们的最后失败又在说明平民和平民文化还很薄弱，没有发展成历史的决定力量。

各时期中平民出身的政治家，常较贵族出身的为低，刘邦，朱元璋的道德，学问，比之于刘秀，李世民，自不如远甚。虽就是到了太平天国，石达开，李秀成所代表的文化运动虽较富创造性，然终不如曾国藩，左宗棠所代表的文化复古运动的气力雄厚。但无论是封建文化或者平民文化运动，中国文化之以行动为主要内容，文化之行动成分丰富，则是历史上一贯的现象。而文化发展就成了实际行动的最好的温度表了。

近五十年来，康梁所代表的维新运动，是政治运动，同时也是文化运动，也是某种程度［以］上的民族运动，形式是维新而内容实近于是复古运动。孙中山所代表的民族运动，与五四文化运动，平民运动合流而发展为一九二七年的历史主潮。孙中山是政治家，是理想家，康有为是政治家的学者和诗人。

孙中山的知难行易的学说是对于知行分离，即民族文化的衰落现象之挽回和纠正。知行分离的结果是不知难行。知属于文化而行是实际行动。所以知难行易，正是中国的民族文化的行动内容和民族行动的文化内容的综合。孙中山不但是近代中国民族运动之政治的代表者，而同时也是民族文化运动的代表者。

欧洲文化的发展，到现代，科学是其主要的内容。科学是实际行动，所以也是综合文化。现代世界文化已发展到综合文化的阶段，而知行分离的现象将再无存在的余地。列宁是政治家，而同时也是科学家。巴比塞是小说家，而同时从事过实际行动。科学是正确的知识，行动是科学的实验，艺术是行动的结晶。中国的民族文化，在这样的历史条件之下，必须进展到科学的阶段，才能保留着行动的丰富成分，而不落入知行分离的颓势。

我们现在是在战时，是在国防运动时期，但我们还没有规模完备和普遍全国的国防运动和国防文化运动。我们只有某种程度上的国防运动和战时文化运动和某种程度上的国防文化运动。首先是游击运动带到民间的民主的文化运动。这种文化运动不单是相当的普及，而且水准也相当高。它的进展采取的是一种跃进的方式，不单使很多不识字的农民二次又理解了文化的意义，而且能享受相当的文化生活。他们不单能增长知识，而且能知其所行和行其所知。他们所形成的集体力量不单是国防运动的前驱，而且是国防文化运动的前驱。游击区域里边当有不少的农民被称做文化人而无愧色。这不是说他们能享受无线电音乐或具有最新式的国防技能，而是说他们已有了高度的民族的意识形态。

士兵们的文化享受，官佐们文化水准的提高，直接间接地是得力于战地文化服务运动和军事委员会政治部的成立。在相对的情形之下，这些部队比游击区中需要更高度的近代文化的配布，所以工作也就相对地不很充分，而需要更大的努力。而同时游击区中也应引为鉴戒而于百尺竿头更进一步。

新启蒙运动，是张申府、陈伯达所倡导的。所以谓之新启蒙运动者，即是因为欧洲十七、八世纪间曾有过启蒙运动，中国五四时期也有过新文化运动［额］的缘故。所以，新启蒙运动的中心骨干仍然是民主和科学。

在今日而言文化运动，与实际的工作不能分离，不单为了普及，也正为了提高。民主以人民为主，所以启发民众，同时有普及和提高的两种意义。科学是技术，是发明，是发见，更与实际工作生长在一起。因此，则一切有文化意义的运动都有相当的新启蒙运动的意义，而新启蒙运动之扩大和深入，还须付之以最大的努力。

但就一般的意义说来，新启蒙运动仍是一种思想运动，而从事者也是思想界的人士。即不以新启蒙来标榜的，如通俗读物运动，如通俗科学运动，也都是新启蒙运动中的主要内容。入战时而后，而有一般通俗的战时读物，通俗的国防科学读物。在这些小册子中，我特别要提到胡绳主编的救《中国小丛书》，是把这工作做得最好的引证。这运动与三年来在欧洲盛行的保卫文化运动也有韵律的关系。

最近在华南艺术界出现，由欧归国，隐然促成一种文化上的动力之陈依范，其生疏的名字绝无碍于其对中国文化复兴上所负之使命。在《抗战文艺》的《保卫武汉》特刊上所发表的《近代中国艺术家是一个政治家》一文，是有战时文化以来所发表的论文中最能指出中国文化的特质的一篇文字。正因为过去的中国艺术家是一个行动家，所以今日的中国艺术家应是一个政治家。因而在中国的政治活动中也的确有艺术部队和科学部队的存在和更进而发展为完整的力量的必要。在同刊物中有奚如的一文问文艺家的位置在何处，事实上的答案是在实际行动中。至于位置之还未稳定，还未能收到其应有的效应，则仍当责成于艺术界、文艺界的集体努力。

科学在行动上的位置比艺术更为重要。但科学界的结合比艺术界显得冷淡得多。同文艺家的发问相彷佛，七卷四期的《科学世界》有署名寰的也问到《中国的科学家到那去了？》黄一裳在《内外什志》四卷八期中也发表了《无科学则无善政》一文，对科学发出紧急的号叫。最近一期的《时事类编》还没有看到，但其所发表《如何展开科学运动？》一文的内容，也不难于想象而知。从事实上看取成形的科学运动，确尚未有，但科学家之战时服务，国防服务，则早已开始。翁文灏虽以地质学家出任经济部务，然确已开了科学家政治服务之先例。最近胡适出任驻美大使，则又其次者。科学家们如能集合起来，整饬阵容，对于现代中国的战时服务，国防服务，居于首要地位，又为民族文化和民族行动之所一致要求。

最重要的国防科学在现在仍付缺如。中国以国防科学著者只蒋百里先生一人。近数年来，国防著作数量激增，然大抵述而不作，有所创发者，不可多观。这不能不说是国防运动和国防文化运动中的最大缺陷。集科学界的全力而来从事于国防科学的创造，以坚强国防实力，从今日起，尚未为晚。

对日作战已实行了一年又两个月的今天，论战略的专书，仍很罕见。有之，这就是毛泽东的《论持久战》这一本小册子。本来前中国红军作战，除政治作用外，特别以战略战术见长，而武装则不但不很精致，有时甚至不很完备。但把前红军作战的战略发挥光大，用之于对日作战，写成一本比较完整，有系统的著作，则自这书始。凡关于对日作战战略上的主要问题，这书里边都有答案，而且十分正确。一年来在华北狂飙突起的游击运动，可以说就是这书在事实上的具体的写照。但这事并非收场，而还只是序幕，正剧还正在事实发展的辩证机构中发育孳长。战略的扩大应用，在内在条件的逐渐改变中，还需要新的著作，用笔写并用事实写。但基本的原则已在这里。

九，二十二，汉口

原载 1939 年 1 月 10 日《战时文化》第 2 卷第 1 期

外交的新阶段

近来的舆论上有一个很进步的现象，就是指出，可以用对外贸易的关系来运用外交，更正一般人的错误认识，以为没有实力就不能有独立的外交作用。本来，外交和实力，是以经济做基础而取平行的行动。对于这种因果关系没有正确认识时，很容易认为外交是依实力而行动的。现在既然知道经济是外交，也是实力的基础，当然就可以运用经济，运用对外贸易和国际经济关系来树立外交政策，同时也来增植实力，以与外交并行而收相得益彰的效果。

什么是我们现在外交上的重要工作呢？当然是建立同其他国家间的国防互助关系，同时即推动国联实施对日的经济制裁。所谓互助关系，用一般的语言来说，就是国外援助。但也颇有事实上的差别。如只要求国外援助，援助时常不能获得，或获得而分量有限，或到援助者有援助的迫切需要时才来援助。可是，进行国防互助，情形就不同，援助能就无论何时都不能不援助，而援助的分量也可增大。国防互助，不但是有原则上的根据，有反侵略的国际组织，而且在事实上，日本对华的侵略战争，无非为实行她的国防计划，把中国领土改成他的国防区域以准备对英美法荷和苏联的大战。所以中国的对日抗战，把它的价值估量得最低，也与英美法荷和苏联有关系联带的国防意义。所以与英美法荷和苏联进行国防互助的关系不但名正言顺，而且有事实上的迫切要求，一经指出，即为各当事国所不能否认。过去外交的无力，原因之一就是不曾对英美法荷指出这种互助意义，不曾揭破乌鸡黑狗血日本妖言惑众的外交伎俩，而反像无助者〔　　〕人怜悯，呼吁鬼神，弄得各当事国多不知怎么是好，反而徘徊观望起来。现在事实已发展到无可不认的时候，各当事国已到了不能再忍耐的时候，国防互助已经生米做成了熟饭。所以一经正式指出，具体商榷，国防互助关系就可以成立起来，不但事实上可以得到财政的援助，而且还可以进一步得到国防经济的合作。中国人民在这个时候，必须彻底明瞭，光是借款，光是买军火，绝不能就算是外交。外交必须建立在双方的平等关系上。如没有平等关系，不但无所谓与国，根本连友邦也谈不到。所以，借到款，买到军火，并不能算是外交成功，而必须以国际的互助关系〔　〕。

至于经济制裁，现在也到了机运纯熟的时候。过去不能推动还可说，现在如再不承受，那就万万不可以了。机运之所以成熟，直接地是由于罗斯福国际政策在美国的抬头，间接地也由于欧洲局势的混乱。说到我们，当然也不是没有作用，可是作用还不很大。我们的对美外交，虽已转变，然而还是沿袭借买旧轨辙，没有采用互助的新方法。在政治上，我们没有展开同情犹太友人的国际宣传，以与罗斯福取平行的行动，也是不能跃进到平等外交的一个原因。自己不能做好汉，就得受别的好汉的帮助。不同情别人，而只要求经济制裁，就不能没有正义上的缺陷。而且用这种态度来承受经济制裁的实施，也是没有力量的，因而也是没有把握的。如展开同情犹太人的国际宣传，不但在正义上有地位，而且在经济上有运转，可以力学地运用外交形势，而保障并增强对日经济制裁的实施的程度和效率。对日经济制裁之所以成为国联的决议，是由于苏联和法国的赞助，英国也乐得做人情。可是苏联，法国在实施经济制裁的力量上很薄弱，所以不能对英国起实际推动的作用。能够实际上推动英国的，只有美国一国，现在的美国已在跃跃欲动了。什么是我们现在所应采取的步骤呢？这就是邀请美国加入国联。英国也已经这样表示过了。如先由法国表示时，还要好些。中国现在也这样表示，虽然少（稍）晚，但总是一个独立的，平等的，正义的外交态度，并不是说，美国将因中国的邀请而立即加入国联，可是美国因此而可以更接近〔于〕国联，更容易地对国联，对九国公约表示态度，而促成对日经济制裁的实施。中国对美建立新外交关系，取正义的平行行动，不但对中国是迫切的需要，而且有助于罗斯福国际政策的迈进和成功。美国如决定了实施对日经济制裁，英国当然也乐得来倡导，荷兰的赞成自然就不成问题了，中国如再根据最近日本对外贸易的实际条件来制定，提出精密的实施计划，那么，实施的程度和效率，也一定会好有可观的。

中国自己必须伸起手来，同我们的朋友握手，世界另一面的另一个好汉，美国的大总统罗斯福！

原载 1939 年 1 月 12 日《青年向导》第 28 期

迎击敌人的新攻势

从我们把新阶段这个名词提出，把它的主要内容指出之后，有多少悲观失望的心理转变成积极，多少畏难妥协的论调渐失其凭藉依附的所在，是由最近的事实所可证明的。"可是扶得东来倒了西"，另一方面，又有一种心理，错觉潜生而孳长起来，以为敌人已在转攻为守，胜利坐待，后方可高枕无忧了。这后一种现象比那前一种现象实在好不了多少，而应以等量的注意加以纠正的。无论是一只狼或一只虎，当它掠取食物时，它的每一次的动作中间总会有一个间断。这种间断，一面是收束它上一次的动作，一面也就是准备它下一次的动作。一年半的对日作战的经验中，这种事实，还有再特地指出的必要吗？在新阶段中并不是没有把敌人堵截起来的可能，也不是没有叫敌人转攻为守的可能。但是，这需有适当的主观条件。当主观的力量还不能够执行这种战略的时候，希其敌人转攻为守，而竟至因希望而生错觉，以为敌人已反攻为守，这种怯懦心理比玩火更是危险的事。敌人须安排占领武汉广州的后事，敌人要开发大冶的铁矿，敌人要调动军队，增加部队，敌人要摇乱中国人心和国际视听而试行其道德侦察和外交摆布，占领武汉广州后军事紧张之一时的停顿是必然的事。这是说，我们应该转守为攻。可不是说，敌人已转攻为守。不！这正是敌人在进行的攻势！我们必须警觉，而且决定：将如何迎击敌人的新攻势呢？

敌人的新攻势将要向着那几个方向进行呢？这当然是首要的问题。在现在可以看出来的，敌人的主要攻势将要向着梧州和西安。敌人也将要进攻宜昌，关锁长江的门户。敌人也有可能进攻湘西和宁夏。我们的军事布置，已经着着进行了。可是只有军事布置是不够的。我们的人民，也必须有适当的布置，布置自己的力量，迎击敌人的新攻势。

首当其冲的，是广西和陕西。广西的民众组织和训练，是早已准备好的。陕西则余陕北外，首当其冲的关中区，民众的工作还没有听人称道过。无论关中宁夏，与西北全局的关系是非常重要的。所以陕西之外，全西北也还要注意。至于鄂西，在收复武汉的步骤不能进行之前，宜昌的坚守，当然是难能的事。

什么是我们的人民所能做，所应做的事呢？这就是，再重要也没有的，扩大民众运动。为什么必须要扩大民众运动呢？因为民众是一切工作的基础，一切力量的源泉。

我们的民众运动已经在扩大中了。这是最好的现象，举例如近来的座谈会风起云涌，坐而谈可以起而行。如兵役座谈会已经发展而成立兵役实施协进会，这就是行动的开始，是起而行的模范的例证。离扩大的兵役运动虽还有相当的过程，可是团结的精诚，进行的努力，力量的汇合，科学的运用，就是光明前途的最好的保证。如中苏文化协会，本来就有伟大的意义，近更在长足的发展中，推动中苏两国革命的联系，必将有更好的成绩。又如文化座谈会之讨论民主集中的政治，国防经济座谈会之讨论国防经济的建设，空军座谈会之讨论空军的发展，当然都不是无意义的事，都可以汇合成广大的民众运动，集合起民众的力量，而给抗战建国以主力的支柱，而作决战疆场之主要的凭藉。其他如理论的研究，技术的推广，教育的突进，青年运动的开展，都是扩大民众运动之最重要的事项。

虽然是这样，民众运动虽然在迅捷的发展中，可是还只限于一地或数地，而没有普遍地发展开。这只是一种运动，而没有成为具体的力量，推进具体的事实的发展。进行的速度还没有赶得上时代的发展的韵律，在远大的目标中还缺乏切近的目标，还没有确切地规划战略上的需要，而决定实际运动之时空的尺度。如何迎击敌人的新攻势？这就是目前的火热的中心问题，目前应履行的中心任务，一切努力，一切运动都应本此而进行。要完满地回答这一个问题，从事实上解决这一个问题，一切努力都有更集中的必要，需要规定出更具体的工作，而用更快的韵律来加以完成。

一、必须把兵役运动发展成普遍的民众武装运动，要把西南西北十省筑得坚固像金城铁壁，使敌人秋毫无所犯。要在陕西，广东两省发动新攻势，以击破敌人的新攻势。要汇合广东，湖南，湖北，河南，江西，安徽，福建的一切武装力量，以规复武汉和广州，以确保大半的江西和福建，并准备作成采取总攻势时敌人阵线中的一个主要的根据地。华北沿铁路的游击运动，要发展得有充分的力量，击破敌人的经济掠夺计划，切断敌人的交通联络，围困沦陷的城市，使之变成死城。

二、必须发动一个广大的国防经济建设运动，以供应武装行动的需要。在内地建立大规模的国防工业，在游击区域增设规模较小的国防工业，在湖南，广东，江西，福建确保国防工业上的珍贵原料。在地方是西北和西南，在部门是重工业，军事工业，汽车和航空工业，确定平行的发展。

三、中苏关系必须有进一步的推进，要与苏联结成革命的联盟，确立国防经济的互助关系。最少也要运用中苏互助把西北的国防工业建设起来，要扩大中美的贸易互助，反法西斯的文化关系，并与英法外交取得密切联系来增进西南的国防建设。国际宣传也确有扩大举行的必要。英法各国的人民，对于他们政府的外交态度仍然是实在的，或潜在的动力，而起或多或少的左右作用。我们不要以为得到一点借款就算满足，而要推进借款的国际意义和适应国防经济建设的需要。修路好，供给军火更好。可是这些都不够，还要逐次建立平等的外交，增进共同保卫世界和平的友谊。必须运用积极的贸易互助关系，推动对日经济制裁的实现。在明年一月中的国联会议中必须把对日经济制裁实现出来，或最少也得实现一部分。

四、科学家们必须团结起来，再不要分什么门户之见了。中国的科学界比外国的科学界所负的责任大得多，而所做的工作却少得多。科学人才必须堂堂正正地站起来，诚心诚意地团结起来，用科学的真理之光烛照一切。科学人才不但是工业的柱石，也是国防的参谋，刷新政治的预备队，生力军，必须准备了取官僚、腐化分子而代之，以尽科学家之新的历史任务。对于列宁主义的科学人才，必须给以同等的优遇。

五、艺术界也必须全体动员，全面动员。艺术的领土被杂草侵占，武器生锈，这现象不能再延长下去了。艺术在现代不但是时代的号筒，也是灵魂的前卫。有若干的艺术品制作者必须唤起自己的自尊心，责任心，矫正恶劣的习气，为国防道德忠诚地服务。优秀的艺术家们更要责无旁贷，不避艰险，以博大的精神，创造高尚的作品，把全民从灵魂上联合起来，以尽新宗教的历史任务。与抗战无关的电影充斥市场，暴露民族弱点的广告盈篇累幅，而音乐，唱歌常寂然无闻，这些还不是说，艺术家们已到应奋起的最后关头了吗？

六、青年团的工作必须成为大家讨论的重要问题。建立广大的青年组织，不分党派，无论职业，把活动的青年分子都团结在一个组织之内，这在现在决不是不可能的事了。青年们，应该让他们，帮助他们做成民族的先锋。要组织他们，并且要真正地领导他们，要让他们做成将来的民族前卫。青年团的组织要采用民主集中制，在大伙合力的指导下，养成他们的新习惯，以担负他们将来的历史任务，而同时也尽了目前抗战要务中的辅助责任。

以上这六种工作，都不是可以延缓的，日常琐事，而是决定胜负的主要关键。我们要把这六种工作明白地规定，迅速地完成起来，来充实新阶段的事实内容，来推进民族战争的韵律速度，要突进，要飞跃，要坚实，要稳固，以先发的攻势来迎击敌人的新攻势。

与其希望敌人的崩溃，不如用力量击溃她。我们有这力量，我们只是还没有力学地运用这力量，还没有把这力量完全组织起来。实现科学的，人才政治，集中领导，成立统一的青年组织，这就是击破敌人新攻势的中心工作。

原载 1939 年 1 月 16 日《时事类编特辑》第 30 期

时代的全面

艺术家们起来了，
走进科学的门墙，
不停在左右中，
只有向前。
擦擦武器，
走上前线，
走上四元空间，
那个时代的前线。

在四元空间，
有你们的岗位，
艺术家不是警察，
而是前哨部队。

你们的敌人，
是日本帝国主义，
艺术家和科学家，
都是行伍兄弟。
武器也有新旧，
新中之新也有，

是要变革自然，
别做自然的俘虏。

有飞机也有重炮，
也有锄头和镰刀，
有近代意识形态，
也有热情燃烧。

团结了大众兄弟，
前进的步伐整齐，
时代的音乐伴奏，
工农兵成一体。

心热才可当兵，
铁热才可打钉，
走向艺术烘炉，
个个铁骨钢筋。

大众结成铁钢，
艺术又从中锻炼，
集体创作完成时，
题名时代的全面。

一，四

原载 1939 年 1 月 21 日《抗战文艺》第 3 卷第 5、6 期合刊

文艺作品的总检阅

在神圣的民族解放战争的号召之下，我们所有的文艺作家一致动员了起来，拿着笔杆参加了这个伟大的战争。即使平日最称严谨的作家也抑制不了他的热情奔放，热心地从事抗战文艺的制作。特别可喜的，在文艺的园地中，新添了无数新的耕耘者。在新的作家和旧的作家的共同努力之下，二十个月以来我们有了颇为丰富的收获。仅就剧本一部门而言，据说：抗战后所产生的长剧和短剧，总数达五百以上。此外如诗歌、小说、速写、报告等等也都有着惊人的庞大的数量。

而且，这么众多的巨量的文艺作品在人民大众间广泛地发生了影响。虽然因为战时交通的不方便，增加了印刷物发行上的困难，但一般地说来，杂志书籍的销数，较之战前是毫不逊色的。不仅如此，诗的朗诵，歌曲的演奏，剧本的上演等等，使我们的作家写下的作品传播得更为广大。因而，它所发生的作用也更为普遍。

抗战以来作品的数量虽是众多的，但是它的质是怎样的呢？这里，我们姑不论这些作品在艺术的评价上所达到的程度的高下。我们要指出的是，这些巨量的作品中间，包括着一部分不健全的成份，它们虽然由我们的有良心的艺术家创作下来，被称作"抗战"的文艺作品，然而在客观上，于抗战并不有利，相反，将为抗战带到了不良的影响。譬如，有若干作品把我们的民族革命解放战争解释成为一种侵略战争，喊着："杀到东洋去，踏平三岛。"显然，这对于抗战的认识是错误的。以及其他等等。

惟其因为抗战文艺所负的任务的重大，同时，也因为它的可能传播得迅速而广大，这种含有毒素的作品，假使让它自生自灭，那是非常危险的。所以，在今日我们就应该从速地举行一个抗战以来的文艺作品的总检阅，严格地作一次检察（查）工作，对于某些不健康的作品，如可能治疗的则加以治疗，否则就得加以排斥。

然而，这还是属于消极方面的办法。

我们要求作家们加紧自我教育，这样才是一个根本的解决办法吧。

原载 1939 年 2 月 25 日《抗战文艺》第 3 卷第 11 期

艺术与民主

我同一个朋友开头讲到艺术应是意志的表现的时候，听的人总是要表示惊异。可是，到讲过几次之后，他们就安详了，就赞成这个理论了。这是什么缘故呢？因为，艺术是情绪的表现，是一般都认为的定论，说艺术表现思想，已有人反对，何况说表现意志呢？可是如问：情绪是如何产生的呢？情绪是由行动而产生的。行动不是别的，就是意志的转化。在心就是意志，发为动作就是行动。艺术是意志的表现，所以艺术中有情绪的表现，有思想的表现，而其中最多的还是行动的表现。

就在这篇文字里是要讲艺术与民主的关系，所以必须再开头讲到这个理论的发展。这就是说，艺术不但应是意志的表现，而且应是人民意志的表现，创造理论的人并不要创造事实，所以我可以从事实中找到这个理论的解说。一般所认为的时代精神是什么呢？这时代精神不是别的，就是人民的意志。那末，所谓代表时代精神的艺术还不就是表现人民的意志吗？人民的意志发而为行动，就是时代。艺术的表现，比实际行动的过程简单得多，所以艺术作品不是要跟随时代，而是要在时代的前面，为时代先驱。艺术是意志的表现，同时又是人民意志的表现，所以艺术作家必须使自己的意志和人民的意志达到统一，才能够创造艺术作品。

这表现人民意志的艺术，在抗战时期，不但不会与抗战无关，而且正在把握着抗战的枢纽。抗战不是别的，正是人民的意志所发为的行动，人民要求抗战以保卫土地，改善生存的条件，实现民主政治。表现人民意志的艺术，其内容不但是抗战的，而且多于一般之所谓抗战，如单纯的战争宣传和战绩的描写。宣传战争，描绘战绩，而不能反映人民的真实要求，这作品虽是抗战的，然而并没有达到艺术所应有的高度。于抗战中表现人民求生存的意志和政治的觉醒，这才是艺术作家的真正任务，艺术创作的真正核心。

艺术既然负有这样大的时代任务，艺术作家们又如何能够离开人民，离开行动，对于时代不求深切的理解，于政治无所见，对自己敷衍了事呢？

艺术作家是人民的一分子。所以每一个艺术作家都负有两重的责任。人民的责任和艺术的责任。艺术作家所负的人民责任，不是共同于人民的意志，人民的行动便罢，而且须是一个活动分子，直接参与时代的创造工作。这不是说艺术作家应该在人民的上面，而是说必须在人民的中间，不是说要有高的地位，而是说要有前进的行动。参与时代的创造，不像跳高，不是竞走。跳得高不必走得快，走得快也未必一定就走在前面。参与时代的创造，需要有正确的政治认识。所以一个艺术作家不必是一个理论家，可是不能不从事于理论的研究。时代进步了，所要求于艺术作家也多，置身于艺术之林的条件也苛刻了。只有履行这样条件的人，才不觉其苛刻，而认为是应尽的责任。

艺术的大众化，是时代对艺术作家所提出的一个条件。不但形式要大众化，而且内容也要大众化。内容的大众化，不但要以大众的行动为创作的题材，而且出发点必须是大众的，必须是为大众的，内容的重要决不次于形式。由大众出发，为大众而创作，即使不能立刻为大众所完全理解，仍然是大众的艺术。反之，如内容非大众的，即使大众完全理解，但至少在我们的时代说，这样的作品还不是大众的艺术。所以内容不可忽视，所表现的中心行动，仍是艺术创作的首要问题，而作品的成功仍决定于作者所取的行动和对于行动的认识。

艺术作家不但须参与抗战的斗争，而且必须参与民主的斗争，和根本改善民生的斗争。这个三位一体的斗争就是行动的枢纽，时代进行所循的轨道。艺术作家们应是新的民主政治的动力的构成分子，所完成的作品也应是新的民主政治的动力的构成分子，为实现新的民主政治而付出所有的力量。

新的民主政治的实现，不但对于全体人民是有利益的，不但对于人民一分子的艺术作家，而且对于创作艺术作品的艺术作家也是有利益的。新

的民主政治的到来，将引艺术的创作到更高的高度，艺术作家将参与艺术
与世界和新世界的创造。

原载 1939 年 3 月 9 日重庆《国民公报》副刊《文群》

诗是苦力

诗是苦力的别号，
也在沙土中工作，
就像苦力抬轿。

韵脚可以行远，
路是拐湾抹角，
沙土仍在前面。

苦力结成阵地，
轿杆丢在一边，
沙土飞满征衣。

沙土做了墓碑，
在战士死处写道：
英魂在此掩埋。

战士南征北战，
敌人销声匿迹，
沙土团团飞转。

凯旋歌过尘起，
战士卸却军装，
光荣归于苦力。

三，五
原载 1939 年 3 月 24 日《新蜀报》副刊《文锋》

民主阵线发展的阶段

民主阵线，有的人叫它做和平阵线，有的人又叫它做反侵略阵线。因为名词的乱用引起了意见上的分歧。有的人说阵线已经成立了，有的人说还没有成立，又有的人说阵线将来可以成立，而其心目中的阵线又未必与阵线所应有的内容相同。这是为什么缘故呢？是因为把阵线的发生过程忽视了。在三年前，大家提倡成立阵线的时候，民主阵线、和平阵线和反侵略阵线三者是异名而同质。可是在事实上这三年来阵线并没有成立。事实又并没有因为阵线没有口了而停止了它的发展。事实既然发展，没有成立的阵线当然也要发展。现在阵线成立，所以更正确地说时，先前的发展应当叫做是发生。发展得慢，继续发展的时期也长。所以现在，民主阵线成立了，而反侵略阵线却没有成立。至于和平阵线，现在还更是可望而不可即。这么说来，什么叫做民主阵线呢？什么又是反侵略阵线和和平阵线呢？何以本来同一的阵线而变为三种不同的阵线呢？要认识阵线而运用它，正确的分析并不是不必要的事情。

什么叫民主阵线呢？民主阵线就是反法西斯蒂的阵线。在三年前提倡这个阵线的时候，事实上的侵略战争仍然是很局部的，因之世界和平的威胁仍然比较是理论上的。当时民主阵线如能成立，事实上就是反侵略的阵线，也就是和平阵线。现在的事实却不同了。现在不但有广大面积的侵略战争和反侵略战争，不但有已经成功的侵略战争和已经失败的侵略战争，而且还有加速蔓延的不战争的侵略。世界和平已快到最后关头。在这样条件之下，反法西斯蒂的民主阵线是政治的意义，事实上的反侵略阵线是军事的和国防的意义，而阻止世界大战的和平阵线几乎只有理论上的意义。但这并不是说，是有三个不相关的阵线，而是说，一个阵线有三个发展的阶段。

谁也不必否认允许民主阵线的成立。因为它已经是一个阵线。是集有力的民主国家所成立的，是反法西斯蒂的。同时，谁也不能承认反侵略的阵线已经成立。因为不但中国的反侵略战争真正还没有获得民主国家有阵线意义的援助，而且欧洲将被侵略的国家也还没有取得反侵略战争援助的保障。世界正陷在战争的旋涡里，埋头没脑于世界战争的打算，无论悲观或乐观的，固然都不必要，可是谁又能举以示人，说这里有一个和平阵线呢？民主阵线已经成立，它在发展。它将发展成反侵略阵线，而且可能发展成和平阵线。不止要有这种认识，还要用行动去推动它。这就是中国人民对于现在□重要的，所应抱的态度。

在最近的将来欧洲仍有小国要受到法西斯蒂国家的侵略。民主阵线将用什么方法防止侵略，或者帮助被侵略者的反侵略战争呢？用军事协定的方法吗？不能够的。军事协定不是没有防止大战的作用，可是没有防止侵略的作用。用军火帮助反侵略战争吗？这种方法用在被侵略的小国，只能延长反侵略战争的期限，而不能使反侵略战争获得胜利。它不但没有防止侵略战争的作用，它几乎也不能够防止侵略。最好的防止侵略的方法就是民主阵线对侵略的各小国实行一种国防经济上的互助。如有反侵略战争在一二小国发生，这种方法纵使不能保证被侵略者的胜利，可是能够使侵略者受到很大的牺牲，仅次于冒险发动大战。这样可以收住法西斯蒂的缰绳。民主阵线能不能够这样做呢？现在还说不定。可是它将要这样做，它不能够不这样做。民主阵线会将以这样的过程而发展成反侵略阵线。

世界和平虽就是到了现在，仍不是不可挽救的。法西斯蒂就是战争。它以战争而生，也以战争而死。大战一起，它是死定的了。法西斯蒂很明白这个道理。所以它喜欢小战，害怕大战，而最喜欢的是不战而胜。民主阵线也要学习法西斯蒂的战略，不战而使它屈服。这就是国防经济互助的反侵略的战略。反侵略阵线成立之后，也许仍然要经历几次战争，但大战是可能防止的。所以在相当的过程之后，和平阵线是可能成立的。有人要想，反侵略阵线应当用大战的方法去扑灭法西斯蒂。还不是绝对必要的，也不是对的打算。可是他们又想，和平阵线成立，不是反法西斯蒂的意义反而小了吗？这也不对。因为反侵略的国防经济互助不但仍然存在，而且民主阵线是深入在，藕断在法西斯蒂国家的内部。而且永远不可忘记：法西斯蒂国家内部的反法西斯蒂的人民的力量是反法西斯的主要力量。

民主阵线发展而成反侵略阵线，再发展而成和平阵线，这对于我们的中国是有利呢，还是有害？这样好呢，还是世界大战爆发了好呢？这不是问题的正当提法。这样心理也不很道德。我们要知道世界的情势是这样发展，我们要推动它，叫它更快更好地这样发展。这就对了。它对于全世界的人民是有利的，对于我们也不是有害。可是，也许有很固执的人一定要问：这究竟对于我们是有利呢，还是有害？我的答复是：我们的民主阵线可以获得较多较好的军火帮助，从反侵略阵线可以获得军火制造的帮助，从和平阵线可以获得一个自由幸福的新中国。有利或有害，是由我们自己决定的。我们要它有利，就要推动它，促成它。知道了就要先说，说了就要先做。

原载 1939 年 8 月 15 日《新蜀报》副刊《文锋》

七月危机

七月是一个危机的月。在一九三七年的七月，由于日本对华北的打击，把中国的战争危机成熟了。今年的七月又有英日的东京谈判，……在去年的时候我曾提议用政治的新生纪念七月，可是现在还是这个意见。

我们的政府对于英国政府的这种外交行动已经有过相当的声明。从人民的立场，从国防科学的观点上看来，政府的这种声明，是远不够的。其实，张伯伦首相最近的两次声明，既出自一人之口，则无异承认，不反对日本在中国的军事侵略。

那末这是不是说，英国对远东的外交政策是以帮助日本侵略中国为基本的原则呢？也不是的。无论从那一点看来，英国还没有采取这样外交政策来对付中国。特别是从法币借款的至再至三看来，中国的对日作战，英国是起了相当的作用的。这自然也不是说，英国将来没有帮助日本侵略中国的可能。最近的对侵占区的承认，似已在帮助日本侵略中国了。

我们现在不必要说英国的外交政策是以什么为原则的，我们现在应当立刻来加以考虑的是：我们应当以什么为我们的外交政策的原则？

我们应当以什么为我们的外交原则呢？我对于这个问题的答案是革命的外交原则。这就是说，以表现革命民族的精神，坚持独立国家的立场为中心工作的外交原则。中国是不是一个革命的民族呢？中国是一个独立的国家，同日本的坚强斗争是最好的证明。他国可以对日屈膝，中国则坚决作战。中国并为屈膝的国家作战，以保护世界和平。中国如不是一个独立的国家，便不会担负这样重大的责任。既是独立的国家，所以确立革命的外交原则，是中国外交上的第一个重要的任务。

原则是方向，政策是道路。有革命的外交原则还须有明确坚强的外交政策，原则才可以转变为实际的行动。我们应当以什么为我们的外交政策呢？我的答复是，国防经济互助政策。怎么叫国防经济互助政策呢？这就是说，以保护世界和平为中心工作的政策，反侵略的国家间以互助的方法实行国防经济建设的政策。这种外交政策，在过去世界各国间，不是没有用过的，但还只是很初步的，极其局部的。它的效力却异常地大，胜过其他的外交方略，是最实际的，最强有力的外交政策。中国应树立这种政策，一面固由于自己的迫切需要，一面也是应付国际的共同危机。世界如不想从战争的危机中脱救出来便罢，如想脱救出来，国防经济互助是最有效，如再晚则将是惟一有效的具体方法。

树立一个外交原则，树立一种外交政策，决不是容易的事。不但须有国际情势的正确估计，还须有运用这种国际情势的坚强力量。一个革命的民族，如力量不够，并不是不可以对国际势力做斗争，可是不容易获得很大的胜利。所以有的时候，因为这种缘故便有放弃斗争的民族。这当然是像因噎废食，大不可以的。可是有坚强的力量，则不但行其所当行，且可得其所应得，当然更容易获得全民的信赖，树立政治的威严。要把我们的力量变得坚强起来，力学地增进起来，有三件工作，我们必须加以完成。是那三件呢？

第一是巩固内部的团结。一个民族的力量，首先是人民的力量，而人民的力量，又必须团结才可以发挥出来的。中国人口虽然众多，可是在政治的观点上看来，不能算数的人也着实不少。现在的民族团结与抗战前比较起来，全国精诚团结，中央和地方的合作，军队和人民的合作，都很长足地进步了。中国作战的优点之一是人民多，人民多，实际就是农民多。要巩固民族的团结，必须从人民团结做起。必须把人民团结起来，起政治的主力作用。军队要化为人民的军队，全国精诚团结，中央和地方如指臂相联系，四万万同胞兄弟，政治上成为一体，民族力量的基础，才可以巩固。

第二是养成反攻的力量。现在作战问题的焦点就是反攻问题。在战争时候一切问题都与战争有密切联系，也都受战争的直接影响。所以反攻问题不但是作战问题的问题，也是一切问题的问题。战争的停顿不能认做是很好的现象，因为这证明反攻力量的不足。这也有可能证明敌人进攻力量的不足，但并不是十分确定的，因为这有一种可能是敌人战略的变更。在实际的情形看来，敌人力量至多不过用去了一半，主要地还是它的战略变更了。我们不能进行有力的反攻，敌人的战略就要相当地收效。这是一个力量的问题，没有反攻的力量，如何能进行反攻呢？反攻的力量，最主要的两种，一种是军队的力量，一种是军火的力量。军队必须多，必须精。这问题，如把上一项工作做得很好时，就可以比较容易地解决了。所以养成反攻的力量的问题，首要的是军火问题，是国防经济建设的问题。只有建设国防经济，才可以根本上解决军火问题。特别是在反攻的作战问题上，如没有军火源源的制造，产生，只靠从国外输入，是绝对不够的。建设国防经济，需要近代的技术，所以在国防经济的建设过程中，军事的技术也可有相当的进步。建设国防经济，不只是建设国防工业，也要建设国防农业，国防交通等。所以国防经济的建设与人民生活的改善是有直接关系的。因此，不但有益于军队的补充，也有利于人民的团结。反攻的力量大，敌人的战略失败得就快，我们取得胜利的期限就短，牺牲也就可以大量地减少，国际的观感可以大改善，外交的运用也容易得多了。

第三是提高国际的警觉。外交是以内政和经济做基础的。内政和经济有办法，外交就有办法。特别是这种警觉，我们时常是没有的。这也是造成危机的主观原因之一。要运用外交情势，必须把国际的警觉提高起来，提高到自力更生口号的具体实现。自己谋民族本身的福利，与友邦谋国际共同的福利。不但依靠友邦帮助的心理必须铲除，在原则上中国必须是革命的民族，独立的国家，没有丝毫可以让步的余地。必须如此，才有依据可以推行国防经济互助的外交政策。一面倡导国防经济互助政策，一面更要提高实际的警觉。因为国际形势是变幻不测的，各国相互间的利害关系是错综复杂的。必须有高度的警觉才可以于复杂的关系无微不至，而变不测的形势为可测，更进而加以运转。提高国际的警觉，绝不是要制造各国间的猜疑，而是要推动各国间的反侵略的合作。提高国际的警觉，具体的方法就是要从（重）新认识自己，从新认识国际的关系。从中国的立场不能认识英国，必须从英国的立场去认识英国。然而无论如何不能从英国的立场去决定中国同英国的外交关系，而必须从中国的立场出发。英国对中国的特殊观点可以牺牲，英国对各国外交的一般观点，则不可忽视。必须于中英两国的立场间获得相当的一致，才可以改善中英两国的外交关系。现在必须从新审查，澈底觉悟，根本改善，才有办法，否则七月间所造成的危机将不是中国对英国的最后失望。

这就是我们现在必须完成的三个重大的工作。如不能完成，危机将继续发展一直到不可救药的程度。可是要完成它，也不是轻而易举的，没有捷径可走。开会、谈话都不是可能解决问题的方法，而必须用具体的行动。用什么行动才可以完成这迫切需要的三大工作，打破难关，渡过危机，而给最后胜利以事实的保障呢？这就必须是政治的改革，而最低限度，为应付目前计，也必须是行政机构的改革。

应付政治局面，唤起良心的方法和以威吓的方法都不是很实用的。一个人的良心所能觉悟的限度常不出于他自己的利害关系之外，威吓一样没有用处，是因为应受威吓的人太多了。人的更动，也是没有十分大用的。因为机构不健全，它可以限制人，人却不能运用它，坏机器可使高明的工程师束手。应付危机中的政治局面，必须从政治的机构改革起。人的调度适当，人都可以是有用的。

要把官僚机构改变成近代的政治机构，就是说民主的政治机构。

民主的政治机构必须用民主的方法才可以产生。实质上的民主政治是什么呢？就是责任政治。担负政治责任的人或机关，对于自己所担负的工作，必须负完全的责任。不是给上司做事，给自己赚钱，而是给国家做事，给自己尽责，这就是民主政治的实质。因此，负重大责任的人必须有公布的政策，政策失败就必须辞职。政治工作的分配，也必须采用精密的科学方法，以使担任工作的人，能尽其才用。在反面呢，什么人失职，什么人贪污，都不难发见出来，而加以撤换。

我以为只要实质上实行民主政治，危机就可以渡过。民主政治实行上的困难，根本上是人民政治力量的薄弱。但像盖房子一样，把所有的材料集合起来，新房子总可以盖起来的。

我们的人民的表现力量，不错是差一点。从对日作战实现以来，主张民主的人对民主政治发表过具体意见的人已经很多。至于发表具体的政治主张，发表过具体的政策的人，则更是寥寥，但表现力薄弱不必就是力量薄弱的表现。我们的民主力量虽然不是很丰富的，但也不是没有基础的了。

时代不能让我们等待民主力量的自然发展和成熟，我们必须促成它，提前来运用它。

关于行政工作的分配问题，我在《政治的新生》一个小册子中已讲过一点，应该补充的地方当然很多。不过我现在只先补充一点，就是，为力量集中，精诚团结的缘故，几个不管部长是必须设置的。

最后，为克服危机，完成三大工作，究竟必须有什么样的政策，政纲，才可以负起这样的时代义务呢？我的意见是：

一、肃清汉奸。这不只是民主政治才应完成的政治工作，只要是抗日政治就不能不完成它。可是直到现在我们还没有把这工作全部完成。在社会上的汉奸有时候还有被捉获的，在行政机构中的亲日分子，我们还没有动过他们一动。我们看着若干亲日分子扬长地去了。他们有充分的自由可以到沦陷区域，到敌国去从事破坏抗战的活动。社会上的汉奸，不断地捉获，不断地增长，因为我们并没有做过澈底肃清的工作。在抗战期间，让汉奸在社会上生长，让亲日分子在行政机构中破坏抗战，这不但表现政治的无力，而且证明政治的败坏。这样的政治机构，岂不就像是专门制造危机的吗？新政治的新政策，第一，就必须澈底地肃清汉奸，罢免一切亲日的分子，以使政治机构成为完全抗战的政治机构，以使社会成为完全抗战的社会。

二、消灭贪污。贪污的现象在一个近代的国家是不容许有的。在抗战期间而还贪污，同汉奸，亲日的罪恶实不相上下。贪污只加惩戒，是不够的，所有从前贪污分子必须尽量地淘汰，制止他们的政治活动。所有贪污所得的财产，政府须作澈底的清查而规定出一定的用途，叫他们遵行以悔过自新。如有违反的，除没收其财产外，并治以罪。

三、戒绝烟赌。鸦片的流毒人都知道，赌博的败德，还多不加注意。实则现在赌博的普遍已经可使公务废弛，使社会机构败坏。赌博绝不是文明人的行为。烟赌必须戒绝，不只在抗战期间，而抗战期间尤为重要。西南西北一万五千万人民，如个个不抽不赌，就是一万五千万抗战分子，否则三分之二都只能算是一种战时的负累。

四、流通资金。中国人存在外国银行里的款子数目很大，可是如用在一个国家的建设上，却并不算大，这就是说，作为私人的贪污所得，骇人听闻，但如用作流动资金，供应抗战，却不算十分充足。那末，这仅有的资金，如何能听其弃置不用呢？所以新政治的新政策上，必须把流通资金作为最重要的政策之一，把外国银行的所有存款，收回本国以作国防经济建设之用。

五、建设国防工业，国防经济。如把中国的资金都流通起来建设国防工业，国防经济，虽不够用，也很可观。政府必须制定大体的计划，奖励督行，争取时间上的成功，才可以确实供应抗战，助成胜利。资金既有着落，技术问题，民主国家可以合作。国防经济，任何一国都不能自给，民主国家不但需要中国原料，而且需要某些制成物品。大战的危机越严重，这种需要越迫切。自己已有相当资金，不但可以获得民主国家的技术合作，而且可以引入他们的部分资本。利用外资，必须在这种条件下才不是幻想或空谈，而是实际的政治。

六、建立近代化国防军。无论克敌制胜或纳军队于政治的轨道，建立近代化国防军都是绝对必要的。先建立起基本的国防军来，然后把全国的军队严格地置于国防部的统辖之下。

七、改善民生。人民必须能生存才可以为国家尽责任。要他们能生存必须叫他们有工做。建设国防工业，国防经济，可以增加不少的工作，改善部分的民生。但要普遍地改善民生，必须立为政策，用一切可能的方法，让每一个能劳动的人民有工做，有地种，就是说，必须用部分的社会主义。

八、以建设代赈济。对于流亡的人民只是赈济，不但无效也不经济。经济的方法是给他们工做，叫他们变成自力更生的人民。赈济的经费应当用在建设上，一举可以两得，且可杜绝无端消耗的流弊。

九、完成西北西南干线铁路。西南干线铁路虽已开工，完成还遥遥无期。一旦大战爆发，西南铁路即使完成，无补于国际交通。这不是说西南铁路不需要限期速成，只是说西北干线铁路，必须着手修筑。西北交通在任何条件下是国际交通的枢纽。在大战爆发的情形下，西北铁路不但为中苏两国交通的命脉，也将是英法等国同远东的惟一联系。这样重要的交通线，不去完成，是没有道理的事。

十、实现国防经济互助的外交政策。西南铁路可以同英国合作完成，完成西北铁路可以同苏联合作，这还不算是国防的互助。国防经济互助是用合作的方法在中国建设国防工业国防经济。如苏联以技术人才和技术设备同中国合作在中国境内建设汽车、航空、军火、化学等工业，而以生产物在一定的条件下双方分配，这就叫做国防经济互助，这种政策，不但可用之于苏联，也可用之于美国，法国，英国及其他民主工业国家。大战危机越重，这种需要越大。

十一、普及国防民主教育。现在需要的教育是国防的，民主的教育，对青年是这样，对人民更是这样。教育不只限于用学校的方法，尤必须用组织的方法，运动的方法，把人民组织起来，并叫他们行动起来，参加抗战和政治的活动。

十二、推广科学化运动。可以从卫生运动做起。因为这与人民的生存条件有直接关系，容易为人民所接受。社会卫生要人民帮助政府来完成，政府也帮助他们完成家庭卫生，个人卫生。

十三、保障艺术作家的生活。要艺术作品产生，必须要艺术家有适于创作的生活条件。商业的出版机构已逼近崩溃时期，政府管理出版机关，将成为事实上必然的要求。为使艺术发展，艺术政策自然是需要的。而尤须提高艺术作家待遇，改善他们的生活条件，使他们能以最少的作品换得生存的代价，作品内容才可以逐渐精美起来。在新的行政机构下，这种政策，不但应当，也是能够办到的。

十四、修明法律，以工代刑。要政治清明，法律必须严明，所以修明法律，在新政策中是绝对不能省略的。有罪不罚或罚一儆百，都可使法律失效。必须有罪必罚，法律才可严明。我的意见且以为除军法外，死刑应尽量减少，以至于无，而以做工代刑。在战争期间，人民牺牲已重，不教而杀之，不能说是最善的善政。反之，做工可增加生产，就像化死躯为劳力，于国防经济，也可有相当的补益。

十五、举行人口调查，奠定民治基础。俗话说："母猪养儿，在的是数。"一个民族连人口都没有数目，岂不就像一口母猪？对于作战，每一个人的力量，都是重要的。对于政治，人口更是基本问题之一。举行人口调查，就是奠定民治的基础，应该周围内政的重要政策，先于国防和游击区域行之，并于最短期间完成。

十六、巩固民族团结，蒙古新疆出兵参战。在新政治的条件下不但蒙古新疆的精诚团结是可能的，而且应做到蒙古新疆出兵共同作战，以作新中国民族团结的模范。

危机不是可怕的，有危机而不能克服才真可怕。两年前的危机，曾为我们所克服，民族团结起来，运动起来了。可是动力还像是外燃的，像是从外来的，现在的危机，我们还将能克服过去，我们的民族发展运动，动力将是内燃的，且将是世界发展运动中的一种新动力。

一九三九，八，一四
原载 1939 年 8 月 27 日《国民公报·星期增刊》

欧洲混战和亚洲的曙光

我们中国人时常有一种偏见，看见欧洲在许多方面是比我们前进的，便以为她在一切方面不都比我们前进，便事事都学习欧洲，依赖欧洲，甚至我们自己的事情，也要向欧洲请教，依欧洲的动态而来决定。侵略者来了，自己不抵抗却要问问外国的动态，国土失掉了，自己不收复，却诉诸国联，甚至在国际会议中提一案，发一言，都先要征求人家代表的同意。到冰山不可再靠，最后关头不能不飞度的时候，这才发现了真正的英雄。真正的英楚是谁呢？他不是别人，正是自己。中国从对日作战而后，事实上便进据了反侵略的前线，再不是欧洲的尾巴了。然而进步是没有止境的。中国不仅是具有反侵略的力量，而且还要是和平的曙光。在欧洲混战的现在，中国决定了民主政治的提前实现，中国前进了。

与中国的光明相形之下，欧洲的混沌越显得混沌了。民主阵线没有挽救过它来，反侵略阵线仍不能把它来挽救。混沌产生了战争，战争又产生混沌。这就是欧洲。

那末，聪明的苏联的突兀的行动，虽然突兀，可还有什么奇怪的必要吗？她既不像英法那样用战争来治侵略，也不像德国那样用侵略来救战争。它是和平主义者。它对德国说："我不咬你的爪，你也不要吃我的羊吧！"这样，他们的不侵犯条约便公布了。

无论欧洲的战争延长与否，亚洲的战争是要延长下去的。欧洲的战争也延长下去吗？法西斯蒂的日本是要摄取香港的。这不但是英国，而且就是法国，也有彻底认识的必要，如果没有这样决定，你们的反侵略目的是无从达到的。

可是我们自己却不想再依赖任何国家，我们将完全依赖自己，当我们开头做英雄的时候，我们的手足还被绑缚，现在我们的手足将自由了，民主是我们真正的新生，这意味着什么呢？这就是说我们四万万男女兄弟们将要从我们的国家获得生存的自由。这就是说，我们终可能有几十万的武装民众来参加我们的对日战争了。这就是说，我们将有可能把我们储存的数十万万元的资本投入国防工业里，开发我们的富源，用来作驱逐敌人的物质条件了。这就是说，我们将有坚实的根据可以与一个反侵略的国家实行国防经济互助政策，而参与和平世界的创造并为它作前驱了。

中国不但是反侵略者，而且是民主国家。它将由形式的民主更进而为实质的民主，所以它不只是亚洲的曙光，而且将是世界和平自己，这除了中国人民外，还有谁知道得更清楚呢？

我们不但不因此拒绝世界上的朋友，我们更欢迎世界上的朋友，全世界前进的人民都是站在我们这一面的。英法人民拥护战争的是站在我们的一面，就是日德人民反对战争的，也是站在我们的一面。这不是奇迹，这是很逻辑的事实，这就是因为我们的对日战争是为反侵略而战的。

可是我们并不以拥有全世界前进人民做朋友就满足，就怠慢的。我们还愿意那些落后的人民也来做我们相知的朋友，我们更愿意有很多技术朋友，因为我们从他们可以得到真正的帮助。而且在人民以外，我们当然更愿意有国家朋友同我们联合起来为共同的目的而共同奋斗。

在这些国家之中，亚洲的苏联，美洲的美国当然是我们应首屈一指的。在政治上我们同苏联更接近，在经济上，我们同美国更关切，他们的中立地位都没有妨碍他们来同中国朋友打招呼，在亚洲我们还有印度民族这样具有伟大潜力的朋友。可是我们并不因此就遗弃了我们的欧洲友人，我们的同情首先是付与那些正被侵略，已被侵略，和将被侵略的弱小民族，可是我们对于英法两大民主国家的一切，更是十分的关心。

一九三九，九，二
原载 1939 年 10 月 1 日《国民公报·星期增刊》

树起国防艺术的旗帜

警备队派几个人出来在街上巡查的时候，前面还要拥一面旗，何况是抗战的艺术的全军在进军的时候。艺术，对于自己的人民，是灵魂的指南，团结的媒介；对于敌人，是攻心，是打击他的灵魂。这工作的重要，就在不懂艺术的人，也不会不承认。抗战到现在，已经支持了两年半的光景，这中间，艺术界的功劳，不能说是堆积如山，只因为不能以数字计算。奇怪的是，艺术界的战士们，有时候神通广大，可是总治不好自己的一种健忘的病，就是，时常把自己忘记。有时候，对于抗战有功的将士，还知道献一面锦旗，可是自己的部队，反而掩起旗来，没有一个鲜明的号召。

有的人要想，抗战就是旗帜，还要什么别的旗帜？这思想是不正确的。抗战是一个行动，不是旗帜。要说抗战就是旗帜，那就只是对不抗战的人说的。这如何能够说是旗帜呢？整个的民族行动是抗战的行动，如只艺术以抗战为旗帜，不是反显得艺术是落后了吗？

我不想为艺术界创造一个新的旗帜出来，因为已经有一个旗帜存在那里，而且已曾一时应用过了。这旗帜不是别的，就是国防的旗帜，就是国防艺术的旗帜。

国防的意义本来相当复杂，人的解释应用也不尽同。上次大战的时候，法国有国防政府，这是一种用法，其意义等于战争。上次大战之后，各国军政部都改为国防部，德国军事学也改为国防科学，这又是一种用法，其意义是预备战争。国防用在中国，又有新的意义。它不只有抗战的意义，也有制胜的意义，有民族革命（反帝的）的意义，有在抗战中建国的意义。

114

现在最高的军政机构仍名为国防最高委员会，国防用在艺术上，也仍然是最适当的旗帜。

现在不是树起国防艺术的旗帜的最适当的时候，但仍不失为是最晚的时候。

国防艺术的内容，不但要摈绝一切与抗战无关的，一切都归于抗战，而且要为抗战保证胜利，要提高人民对世界环境的警觉，要创造新中国的象征。战绩的描写，英勇的故事，仍很重要，但一样重要的，还有民众的组织，新军的建立，国防经济的建设，以及其他。尤其是"宪政"政治，是现阶段中最重要的国防内容，也是最重要的国防艺术的内容。国防艺术要为全民造成总反攻的精神条件。

艺术不怕往前面走，因为它应当走在前面。它有时也许指示弱点令人不快，但终会被原谅。因为它不挑剔，而只指示。它指示病源，并负治疗的责任。

一九三九，一二，二五

原载 1940 年 1 月 7 日《新蜀报》副刊《蜀道》第 7 期

五月五日

重庆市在惊慌，
新中国在生长，
既从火中来，
应当比火更强。

我在街上散步，
街像田野荒芜，
老弱散四方，
青年来往救护。

路像猿猴脱甲，
路旁余烬未歇，
木石击中了，
不中人心似铁。

如非努力还少，
这些管许免了，
牺牲长智慧，
进步从无太早。

过往徒然迷恋，

新生应在明天，

真理味虽苦，

真理属于青年。

原载 1940 年 1 月 8 日《蜀道》第 8 期

不做奴隶

中国人民为什么对日作战呢？用简单的一句话来回答时，就是，不做奴隶。不做奴隶，意思不是说：与其做奴隶，毋宁死。这样思想，盛行于大革命时代的法国，盛行于法西斯蒂侵略时的西班牙，是民族的光荣，应当赞叹的。在对日作战中的中国，情形却不很一样。中国人民，对日作战，因为不做奴隶，因为战可制胜。这不是发于罗曼的情思，而是由于逻辑的认识。

这里说的中国人民，是不是说，四万万五千万人都在内呢？当然不是的。若说四万万五千万人都有这样认识，早已胜利了。不但不是如此，还有一些人与此相反，偏愿做奴隶，为敌人前驱。这些人中，有的是公开投降的，有的是为敌人做宣传的，有的是通风报信的，有的是企图妥协的。有的是直接了当的，也有的是转弯抹角的。种类不一。坏中最坏的，是为奴隶而奴隶，即知而行之的有智识的人们。

此外还有一些人，不是愿意做奴隶，可是对于对日作战的大事业，却不肯尽力，或不肯表里如一地尽力。这些人们，有的是已被人待做奴隶，有的是待人做奴隶，而自己还好像不很知道。已被人待做奴隶的，好像以为给敌人做奴隶也没有什么。待人做奴隶的，又好像以为，自己就是同敌人一样，何必对他作战呢？

另外还有一些人，对于对日作战也不很热心，今天讲抗战，明天讲妥协，今天讲胜利，明天讲失败，或索兴（索性）什么都不讲。这些人们好像还不知道他们自己是什么：是奴隶，还是人民？

我们是为不做奴隶才对日作战的。你想想，我们如何可以看着有好多人民过着奴隶的生活，并因而不能参加对日作战的大事业，而不思加以纠正呢？我们更如何能够看着好多的英勇战士，他们为不做奴隶而死了，而他们生前死后，却随处还遇到像奴隶似的待遇，而不加以纠正呢？

我们打战打到现在，打了两年半，我们有些问题还没有正当地解决，有好些事件上还没有看出问题吗？

我们常犯的毛病是：口中有同胞，心里无兄弟。坐轿的坐轿，抬轿的抬轿！这现象不能延长下去。

所以，现在在同胞中间，大家就应当有真认识，真觉悟，真正相亲如兄弟。生活上的，知识上的，情感上的，习惯上的，种种悬殊，都应当逐渐接近，关联，而期于平。只有对于那些甘愿做奴隶的，才可以歧视，甚至视之如敌人，对日作战的问题，现在是：必须制胜。

原载 1940 年 1 月 11 日《蜀道》第 11 期

把你的武器拿起来！

劳动的兄弟们，
准备好你的武器！
民主的时代来了，
抗战要求着你。

别等到民主运动者，
来到你的草房里，
问你有什么意见，
对于自己的权利。

你渴望死亡？
你诅咒胜利？
你终日劳作，
只为永做什么？

快都动起手来吧，
天助自助者！
准备好你的武器，
锻炼好你的喉舌！

传播真理，
扼死沉默，
你我创造宪法，
宪法将保卫你我！

宪法不是摇篮，
它给你铁甲钢鞭。
把你的武器拿起来，
敌人在等候失败！

一九三九，一一，四

原载 1940 年 1 月 14 日《蜀道》第 14 期

胜利的艺术——抗战上加民主

艺术保证了胜利，这就是艺术的胜利。

艺术怎么样可以保证胜利呢？对日作战的第一阶段，是抗战的阶段，在这个阶段里，抗战就是胜利，不抗战就是失败。在第一个阶段里，抗战的艺术，就是保证胜利的艺术。艺术抗战，艺术也就胜利了。现在是对日作战的第二个阶段。这个阶段，是民主的阶段，民主就是胜利，非民主就要失败。在这个阶段里，胜利的艺术，必须是民主的艺术。

怎么样说是民主的胜利呢？艺术作品的中心内容，应当是民主的和为民主的，形式应当是真正大众的。不但是表现国防区域人民生活的作品应当是这样，就是表现游击区战争生活的作品也应当这样。这还不算，就是表现沦陷城市内被压迫的同胞们的生活的作品，也应当给他以民主的内容，给他们以民主的启发。发动人民的力量，还有比民主更好的动力吗？派来的兵和自愿的兵，他们的战斗力相差很远。民主可以使人民自愿当兵。就是在沦陷城市，如果唤醒人民的民主天性，他们就会把不愿做奴隶的消极心理变成锄奸杀敌的积坂（极）行动。

艺术家们不能忘记自己也是人民的一分子。不但是做艺术家，就是做人民，艺术家也必须置身于民主运动的潮流之中。创作为民主，行动也要为民主。

一月十三日

原载 1940 年 1 月 19 日《蜀道》第 19 期

老百姓需要政权

在平常的时候，要问我们的老百姓说：你需要的是什么呢？他们也许目瞪口呆，回答不出什么来。现在可是不一样了。在现在，他们回答的话，尽管可以不一样。但这只是名辞上的分别，实质上总会是一样的。在这种年头，老百姓不但学了很多乖，而且连最后的一乖也学会了。

你说，老百姓们需要的是土地吗？这话很对，可是还不完全对。有的老百姓，是把土地失掉了，因此，他知道了他需要的是土地。可是有的老百姓，他不但没有失掉土地，反而获得了一点土地。有的老百姓，他的土地尽可以没有失掉，可是土地的产物，却要受敌人的支配。因此可知道，他们所需要的还不只是土地。

你可以说，老百姓们需要的是国家。这话当然没有说错。可也不是完全对的。我们现在没有国家了吗？我们还有国家在着。我们失掉的领土虽然很多，但并没有完全失掉了国家。因此，他们现在所需要的也不只是国家。

城市被占领，乡村就组织起来了。这里便出现了一种崭新的现象，它的名字（字），连老百姓们都知道了。这就叫抗日政权。没有这个东西的时候，老百姓们是绵羊。有了它，他们是狮子。这最后一课，把老百姓们教醒了。

城市沦陷，这就是说，城市的政权沦陷了。

所以，老百姓给敌人的回答，要的不仅是什么撤兵，而且还要归还政权。

一月十六日
原载 1940 年 1 月 21 日《蜀道》第 21 期

抗战文艺和它的发展条件

有的抗战文艺做了反抗战的宣传，可是做了抗战宣传的不必就是抗战文艺。其他的抗战文字都可以做抗战宣传。抗战文艺不是叫人知道，是要叫人感动，称是说否，都不是抗战文艺所要求的反应。感动的意义是喜怒哀乐并发为行动。

喜怒哀乐是怎么样引起来的？她们常不是因为一些抽象的观念引起来的，她们常是为具体的事情所引起的。因此，要引起喜怒哀乐的文艺作品的内容决不能离开事实。文艺不是历史，它所写的事实不必一定是信史。它只要求它所写的事实必须在社会的意义上是真实的。虚拟故事，而仍然是真实的事实，这样就是文艺。编造故事，不合事实，甚或和事实冲突，这样就不能说是文艺。

事实的范围很大，人多地广，如何写作，才可以不出于事实之外，而却把事实写出。这方面并不稀奇，就是要摄取特征。一切事物都有特征。特征写出，遗漏其他，事物便活跃如生。特征遗漏，写的越多，越无意味，只是浪费文字。漫画家画人像要在稀疏数笔中画得恰像某人，就要用这方法，说来容易，做来确难。那个人的面孔没有特征？那个人不会辨别人的面孔？能辨别也许辩（辨）别得不很清楚，或能感却不能说出，或能说却不能写出，所以让漫画家去凭他的才能独创。结果还是漫画家多，艺术家少。文艺一点也不会比漫画更来得轻便。事实的特征也不像人面那样容易识别。文艺的路不是乖巧的人所能走的。艺术是从一点一滴中创造出来的。

作者既是有意识地从事于文艺的创作，首先必须接近事实，扩大并深化自己的生活经验。艺术是为了生活，生活也是为了艺术。如对于艺术或生活取不洁态度或心怀恶意，创作必定不能成功。实作虽多，必无艺术价值，也很难有进步。必须严肃真实地去经验，去创作，才可以走到文艺的门。

没有接近过农民，不能写农民生活。对于某地农民生活没有相当经验，不能写某地的农民生活。不但农民有农民的特征，某地也有某地的特征。口语也是人和地的特征的一种。写农民说话，必在能懂的范围里采用他的口语。如农民用作者自己半文言的口语说话，还怎么能够让看书的人感到自己是在欣赏艺术呢？如写文化界的人士，又不是在他的本乡活动，用半文言的口语当然没错。可是说话并不是最重要的。最重要的是他们的生活，行动和写作中虚拟的各个人物的性格特征。

战地生活比这更复杂，更需经验。士兵们不是来自一处的，生活是随时变动的，而且作者是不容易接近战地的。视察，慰劳，文化访问，都不是作者接近战地的有效方法。作者所需要的，比这多的多。在欧洲，士兵中就有作者参加，所以战事作品在产生时比别的作品更为踊跃。中国的条件与欧洲不同。抗战文艺不能长成，主因就在这里。可是，这也不是不能克服的困难。如写战地文艺，必须去找门径。根据新闻报道，或传闻所得而写战地生活，决不是一种捷径。因为这样不是不可以写出宣传文字，可是很少能写出有艺术价值的文艺作品来的。

到这里，也许有人要说，我把文艺估价太高了。其实并不是的。直到这里，我说的只是最低限度的文艺。能把前面所说的各种条件都具备了，并不就是伟大的作品。并不是一切作品都伟大。这些还都只是较近于技术的条件。

艺术不只是要反映现实，而且要象征时代和它的运动。如何象征时代和它的运动？这里没有多说的必要了。因为这是艺术家自己的问题，是做的问题，不是说的问题了。

应当希望的是一般的抗战文艺作品都写的确有内容，写人如见其人，写事如历其事，写地如到其地，叫人能喜能怒能哀能乐，能感动而影响及日常的行动。要作者们都这样做，必须给他们较多的时间来写，来学，来经验。

"不错呀，"有人说了，"我们叫了很多的作者们到机关去经验，去学，去写，可是他们有的还写一点，有的不但不写，连学都不学了。"

这不是产生作品的适当条件，就像掘苗不能助长一样。产生作品的适当条件：第一，必须提高文艺作品的报酬标准到作者能赖以继续其创作工作；第二，必须给作者较多的写作自由，叫他以作品反映现实而不至与现实冲突；第三，必须给作者以生活自由，叫他自愿地去经验生活，从生活中吸取养料以滋养他的艺术创作。有了这三个条件，抗战文艺的长成与发展，就可指日而待了。社会应成全作者们，作者们更不可忘了自己奋斗。

一九三九，一〇，七

原载 1940 年 1 月 23 日《蜀道》第 23 期

文艺生长着

文艺现在在生长着。从去年五月起，文艺就像是到沙漠里旅行了一趟，现在又回到大陆，看见了绿草，树木，人烟。危机不一定是死亡的征兆，也可以产生新的生命。文艺首先把握住自己的命运。文艺刊物，现在在逐渐增加，刊物篇幅在逐渐扩充，内容更是比从前丰富，精采。在读者这方面，从前爱读文艺的读者，常喜欢看翻译的作品，现在却大半喜欢看创作。这是说，读者在要求作品。前一个阶段的作者们，都写报告通信，现在却多写作品。这是说，作者们需要创作。去年五月以后，出版非常困难，现在却颇有转机。这是说，出版界已能够印行文艺作品。有这三个条件，文艺便能首先走出危机，以新生的勇敢，为百□□鸣。我们现在的问题，只是，怎么样可以叫文艺更快地生长起来，更好地发展起来。比如说，读者虽然要求着作品，可是认识的程度不一定就够。作者们需要创作，创作的条件也不一定就充足。出版的条件虽有转机，但它的容纳量仍是很有限的，也许未必能继续进展。必须把这些问题分析过，解决了，文艺才可能顺利地生长发展。

读者的文艺认识力怎么样可以提高呢？看好作品当然也是一种方法，不过在现在的用处是很少的。事实与此相反，时常是作品因为要适应读者的赏鉴能力而减少了艺术成分。提高作者的认识力，最好还是用理论和批评。现在的理论和批评还不能尽这种职务。从表面上看来：文艺比行动落后，批评比创作落后，理论又比批评落后，也是一种实在的情形。虽然这也不能够一概而论，但是无论如何，要提高读者的认识力。艺术理论，文艺批评，都必须把工作加强，把工作的方法和内容也加改善。通常的理论文字，常犯公式主义的毛病。不必是写理论的人认识只是这样，也由于通常写文章的人多以为是写给学生看的。大多数的学生，只能看公式主义的文字。一般的中学教科书，甚至大学生参考书，都是公式主义的。现在必须改变这种态度，不单是要教育青年，还要教育大众。理论总须有新见地，有真认识，才能用以提高读者的认识，改善读者的见地。理论就像标帜一样，读者们知道了标帜还不一定就可以辨识实物，何况连标帜都不知道呢？这是理论文字上现在应注意的问题。说到批评文字，普通也有一种毛病，就是，离开作品。这是不对的。批评文字一定不能够同作品离开。不但一开头就要抓住作品，而且要和作品厮混在一起，不可开交，直到打进它的腹心里去。这样才可以把作品认识清楚，给读者讲说清楚。但不可修改作品。批评工作，主要是为读者做的，不是为作者做的，更不是为作者做教师的。理论和批评工作，如能够建立起来，读者的认识水准就可以提高，文艺的影响可以扩大，作家们创作的自由，也就跟着扩大了。

在作品一方面的问题是，一般作品都是以战地生活为内容的，好像离开战地生活就没有抗战文艺一样。写战地生活的，又多是写战事生活，而对于战地人民，及至士兵的生活情形，一般经济政治生活，却多与（予）以忽视。写战地战争生活的亦多得之传闻，加以想象，却很少得之经验的。直接的战争生活，当然应是写作的对象，可是成功的作品，很难从这里获得。因为多数作品都难有这种经验。战地人民生活，乃至战士日常生活，比较容易看到。战地一般经济变动，民众组织，民主政治的开展，比较更容易看到。战地抗战，后方也一样抗战。荷枪士兵应当写，造枪的工人也应当写，供应军粮的农民也应当写。后方有国防经济建设，有民主运动，进步的文化运动种种，不只有关抗战，而且在为抗战开辟新的阶段。掌握抗战的运命，把握胜利，这就应是现在主要的写作对象。不但是抗战生活，就是反抗战的生活，也应取材，也可以写成抗战的作品。作品一样地不只要夺取青年，也要夺取成年人，还更要夺取老年人。要用文艺把一切有知识也有灵魂的男女同胞们都吸收在周围，团结起来，保证胜利，夺取胜利，这才是文艺作家们的固有的责任。

出版条件，首先要（是）稿费问题和言论，出版自由问题。稿费问题，已有讨论，不必再说。自由问题，首先是检查问题。检查的原则，现在也不必讲，只讲检查的方法。文艺作品，即便检查也应有一定的限度。（中略）出版界的条件，虽然有了好转，但它的容纳量和进步的限度都有问题。要根本上解决出版问题，作家必须于写作以外，（中略）与一切艺术界的作家们都联合起来，同力奋斗，这要把艺术政策定为国策，把作品的发表，出版，列为国家事业的一部分，才能够根本上解除出版上的一切困难。

理论批评建立了，作品的内容普遍了，现实化了，出版的条件改善了，文艺由长成而到壮盛，作家以作家主体的人民天职，以作品推动团结，促进进步，象征胜利。艺术里如发见胜利的象征，胜利就不远了。

一九四〇，一，二八

原载 1940 年 2 月 4 日《蜀道》第 35 期

红星诗：给少年们

走出了雾气朦胧，
像旭日初醒，
我的少年朋友们，
把地球的脚趾，
你用手摆正。
然后结成队形，
跨在它的背上，——
别问：马力比马
有几倍高强？
你只向前遁行，
望定你前面的
那颗红星。
你走得很远，
你还在面前，
他仍在前面。——
他不会把你欺骗。
你还要往前走，
用脚蹬踢一下马腹，
叫它赶路。——
这可还不是休息时候。

要把苦难打败，
那失却的快乐
将二次回来。
你将从马上走下。
躺在草地上，
卸下马鞍，——
你再抚一抚马鬃，
由于它的劳动，
马背上现出"新中国"，
也有你的签名。
再看：
新的少年们来了，
他们也在遄行，
也在望定了
他们的
前面的
红
星。

一九四〇，二，一二
原载 1940 年 2 月 14 日《蜀道》第 44 期

春天的歌

洞穴保留着老鼠，
人们把习俗控诉，
迎春花开了，罢了，
春天还没有来到。
诗人拿起笔来，
稿纸如心纯白。
这里还有个问题：
究竟春在那里？
春无所不在，
因它已经来。
它从地底过，
它从云中往，
晴日与太阳增热，
夜里为明月生光。
嘉陵江绿衣新换，
扬子转青眼微盼：
妇女把臂膀袒露，
苦力们着起短裤。
贪睡的不觉天明，
风雨把它催醒。

纯白就是春天，
青春属于少年。——
试把你的根苗，
植在诗人的心目。
你将永久青春，
由它绞杀诗心。——
听不尽嘤嘤啼鸟，
别怕鸱鸮先鸣，
春天里保留雾衣，
蛋壳里保留着隙地，
趁那雏形未成时，
先叫它学会呼吸。
今年的春鸣民主，
来年的春鸣胜利。
自然以鸟鸣春，
我们以春鸣岁。
便先掷出这歌声，
把敌人的胆量打碎。

原载 1940 年 3 月 4 日《蜀道》第 63 期

纯真的焰苗

把火把点燃，
落月躲到了山林后面，
叫疲劳了的农夫
从小房里走出，
为乡村的昏黄
照出红色的道路。
这是阳春天气，
新绿的野草
指引你的足迹。
便在夜间，
燃烧的心花，
别让停息。

像欢乐的流泉
跃出土中，
我如从遗忘中惊醒，
擎起热情，
为时代的歌音

铸造诗形。

三月十五日

原载 1940 年 3 月 26 日《蜀道》第 80 期

组织大众通讯

有时候一个工人写一篇文字，给知识分子去修改，一改之后，这篇文字就完全像一个知识分子写的，再也不是工人的文字了。这种事情，看见的时候，叫人觉得很痛心，仿佛像看见一个人被活活剁死一样。我们现在讲文艺大众化，提倡大众语，可是对于兵士通信，大众写作，却不来提倡，这也是不很好的事。

组织士兵通信，大众写作，有什么好处呢？随便说来，也有这几种好处：一，可增加描写兵士和大众生活的作品；二，可养成兵士和大众的作家；三，可收集兵士和大众的语言。兵士和大众的写作，所用的语言，大半总是大众的。他们的文字，大抵从小说，唱本学来。小说唱本中的用语很少，他们用得来的更少，他们要想把什么写得详细一点，不能不把他们的口语写出来。这种写作，初来也许不容易。碰到作品，可是，对于用语的贡献，却可以是很大的。

一个作家，即使有充分的时间拿来学习大众的语言，也得有相当长的时期，才能见效，能这样的作家，十个里边，不容易有一个。组织兵士通信，大众写作，就容易得多了。不但作家们可做，就是一般文艺青年，甚至文艺爱好者也都很容易做。

教育，组织文艺青年，除养成青年作家外，对于大众文艺和大众语的提倡，也可有很多益处。文艺青年，不只是在学校里才有。中学生做店员的，学生参加军队的，都可以选出文艺青年来。

有一次，在一个地方，我曾接到一个兵士的信，还附有一首相当长的诗。信里说明他的生活经历。他提出个问题来是：没有到过外国，能不能够学诗呢？附的那首诗，也仿佛是信。我照他信上的地址找到他时，他高兴得什么似的。我立刻邀请他到我的寓所谈话。

现在我只记得，这个青年只有十八九岁，仿佛是高小毕业，在军队里已经是一个很小的官。他的诗写得不很好，可是性情很好，可以看出来是爱好文艺的。我离开那地方以后，还接到过他的几次来信。可是，很可惜，我以后把这种通信就中断了。这次算交待了我近十年多来对于文艺的最后一次的薄待。

组织兵士通讯，大众通讯，文艺青年，特别是劳动文艺青年通讯，最好先由文艺刊物的编辑们做起来。在刊物上特辟一栏，将好的发表出去。这事，初来很容易做；做得好的话，可以产生出很大的结果来。通讯的多了，再由文艺组织起通讯网来。文艺像一棵大树，把根深深地扎在民间。到繁荣滋长起来，作品像花，语言像叶，花叶丰茂，新中国的新文艺，这样就预约出它的繁荣时代。

三月二十五夜

原载 1940 年 4 月 3 日《蜀道》第 87 期

拿出力量来

只有没有政治常识的人，才会希望欧洲的战争有和平解决的方法。要是再过一个时候，也许连没有政治常识的人，也不会再有这样希望了。

放火容易，救火却难，欧洲的战争，不但不能在短期内得到解决的方法，而且还要拖长、蔓延，说不定会成了十年的长期战争，说不定连美国都不能逃出漩涡。

最后的战争胎动，一体的人类待生，我在一九三〇年写的这两句诗，说不定会是真实的预言。

可是，这并不是说我们对日作战，也将有延长到十年的危险。我们的最后胜利的获得，可能在四年至五年之间：我现在的估计同两年前的估计仍然是一样。

欧洲落后了，中国走在前面。

但最后的胜利，总不是唾手〔可〕得那样〔地〕容易。在我们的现在，反胜利的社会力量，不但未曾消退，它几乎还远在胜利的社会力量之上。

在一切的决定胜利的条件之上，政治还是决定胜利的首要条件。要想如期摘取成熟的果子，还须认真地来改革政治。消灭官僚政治，实现民主政治！消灭"人事"政治，实现科学政治！要准备把凯旋门的锁子开开，这就是它的钥匙。

南京伪中央政府的成立，对于我们的钝感者们还不能够是一个尖锐的刺激吗？

"责无旁贷，舍我其谁"，救中国，救世界，拿出力量来的时候到了。

四，三，夜

原载 1940 年 4 月 4 日《大江日报》副刊《街头》第 3 期

援助归国反汪工友

日前本刊发表的诗，"工友们起来！"作者邓其，是香港反汪工友回国服务团的代表分子之一。他们从发动罢工反汉奸运动以来，经过了很多困苦，不折不挠，奋斗到底，现在回到本国，来到重庆，仍为再接再励地继续奋斗，为行都的反汉奸运动给新的燃料，更大的火力。他们的这种舍己为公的献身精神，是无论谁都应加以赞扬和援助的。

汪逆伪组织现已在南京正式成立，重庆的反汉奸运动却还停滞在铸铁像运动的阶段，这是大大不够的。行都讲宪政，伪中央也讲宪政，行都讲三民主义，伪组织也讲三民主义，行都有什么，伪组织也有什么。既然有这种情形，那就铸一千个铁像又能有多大的灵验呢？政府接受新刺激的时候已经到了，现在应当下决心，赶快实现民主宪政，赶快完成中山先生的革命政策，因为，还不这样做的话，不但有负人民的厚望，而且叫那些落后一点的同胞们，连真伪都不好分辨了。反汪工友们现在的归来，也许可以又给政府一个反省的机会吧。

作家们当然是反汪工友们的朋友，对于每一种反汉奸运动，作家们当然是尽力倡导或者援助的。可是，对于这次反汪工友们的运动，只有援助还不够，还应当推动政府采取确实的反汉奸的运动步骤，实现民主政治，肃清一切的汉奸，这才算能尽作家们的本分，能副工友们的殷望。

原载 1940 年 4 月 8 日《大江日报》副刊《街头》第 8 期

论平抑物价

物价高涨的问题，同每一个人民的生活都是有关系的。这还是说现在。要是再过些日子的话，不因物价高涨而关涉到他的生存问题的人，也许都要很少了。老百姓们的生活，苦上加苦，这是不待说的。只说靠一定的薪金收入过日子的人们，现在问题已很严重。物价继续增加，薪金收入没有增加，或只能有很少的增加，这不是说，生活一天天在朝着生存问题转变吗？坐在破船上，在风浪中行走，这不是很危险吗？坐在破船上的人，希望有人搭救，因此，平抑物价，也就成了大家所希望能解决的问题了。

不过，平抑物价的问题，虽然连这一次参政会开会都感觉重要，拿来讨论，对它的解决却不能希望过大。要单纯地把物价平抑，就像坐在船上的人要平抑潮水一样。强制商店减低物价，效力最小。有些商店，强制的力量根本不能达到。强制的力量能够达到的商店，它可以用消极的方法抵制。把一部分生活必需品拿来官办官卖，要是办得很认真的话，价格可以少低一点，涨也许可以少涨一点，效力还是很有限的。商业国营，这当然是新政治的理想，可是在现在的政治机〔制〕下面，就是一小部分的实行，也是能够认真办到的。就说是商业国营完全办到，也只能帮助平抑物价，不能解决平抑物价的问题。

平抑物价问题最主要的是增加生产问题和稳定法币问题。生产品多了，物价就便宜了，这是人人都知道的。连老百姓也说：什么都贵了，只是纸币便宜了。纸币便宜，同生产不足，也有联带关系。所以最根本的平抑物价方法是增加生产。一点一滴地增加不行，必须大量增加。有钱的人们现在拿出良心来的时候到了。钱存在外国银行里,只能为垂死的帝国主义欲焰火,对自己没好处。拿回到自己国里来,举办生产事业,救国家,救民族,留个好名誉,又何乐而不为呢?

增加生产,稳定货币,商业国营,三者都办到,物价不平抑也要平抑了。现在还不是希望这个的时候。现在应当希望的,是有钱人们立大志,下决心来增加生产,乃至最坏也少赚一点战争钱,少操纵一点物价。

四,八

原载 1940 年 4 月 9 日《大江日报》副刊《街头》第 9 期

狂飙的再来

文艺界的朋友们谈起狂飙来，时常表示一种很诚挚的意思，希望狂飙能够复活起来。因此我觉得，在这里写几句话，给一切关心狂飙的朋友们一个总答复，这是很必要的。

狂飙从我在一九三〇年二月间离开中国以后，就算正式停止了活动。狂飙同人也慢慢地都星散了。不过希望恢复狂飙的话，却不是现在才听到的。九一八事变发生后，我离开日本到欧洲去时，曾接到那时的一个少年的狂飙之友的信，很恳切的希望狂飙将来还复活，希望将来还能为狂飙努力，服务。我那时给他的回信说，狂飙不复活了。虽然这样，这十年来，我并没有一时把狂飙忘怀过。只是我的努力移到别的方面去，对于文艺的精神贯注，不能像从前那样地恳切，执著罢了。国外的朋友们对于我，看做是一个中国人民的时候，一样也看做是一个中国作家。

回国以后，朋友们总先要谈到狂飙，好像狂飙同我是不可分离的一样，对于这个费过六七年精力的运动，我又如何能够独怀异感，违背朋友们的意思呢？

中国已是狂飙的中国，世界也已是狂飙的世界了。需要狂飙运动，需要狂飙。因此，我在数个月前曾给一个狂飙旧友写信，希望他把狂飙复活的担子挑着后上。接到他的回信，说他还没有想到这事。这是因为，在现在的出版条件下，恢复狂飙不是一件很容易的事。

什么时候狂飙才能复活呢？要恢复狂飙，必须有这个条件：一，必须有人愿负专责来筹备这事；二，必须有与狂飙共感同行的朋友们来共同努力；三，必须有出版家愿意为狂飙出刊准备受一点牺牲。什么时候有这个条件，狂飙就什么时候复活了。谨以此答谢一切希望狂飙复活的朋友们。

原载 1940 年 4 月 11 日《大江日报》副刊《街头》第 11 期

解放不人道的劳动！

他们走得很神气，
好像什么人撞着他，
都应当逃避，
左手！左手！
把他的口令喊出，
像树起一面大旗。
可是忘记了在肩上，
那个竹笼里，
有一个什么东西。
像羊抬着羊，
蚂蚁抬着蚂蚁，
一样都不穿鞋，
都用足着地！
不知道从什么时候起，
他们把检察官触犯了，
只要在一篇论文里
把我看到，
如说："解放不人道的劳动"
便会被删掉。
因此便是一首诗，

也只能说是歌，
拿到街头去唱——
解放不人道的劳动，
不能在报上发表！

一九三九，四，一七

原载 1940 年 4 月 18 日《大江日报》副刊《街头》第 18 期

诗二首

号　召

一个人行路
没有伴侣，
平坦的大路
也变得崎岖。
行远路先得要
集合侣伴，
行夜路先要把
火把点燃。

一双臂膊上
长着双手，
双手上又长着
十个指头。
奋斗吧，
团结吧，
现在还不是

胜利的时候。

四, 一八

纪念西班牙

战败的不一定都是可耻，
战胜的不一定都可矜夸；
我们那一个能无赧颜，
当看见西班牙怒日西下？

诗歌像一些英勇的红花，
诗人的心常与毒草打架。
传说，圣人心也有上窍，
诗人的心难道胜不过毒草？

西班牙不愧英雄强豪，
虽然她这次战争败了。
我们的胜利还在天涯，
先学习战败还须向它！

一九三九, 六, 二八

原载 1940 年 4 月 19 日《大江日报》副刊《街头》第 19 期

建立西北国防经济

建立西北的国防经济，在资源上论，在交通上论，在战略指挥上论，兰州是最适宜的中心。国防经济的建设，首要的是国防工业的建设，国防工业中，首要的又是动力工业和金属原料工业。动力资源的煤和煤油，甘肃藏量都很丰富。兰州，酒泉，张掖，山丹，都是花煤地带。煤油产源，在河西一带，遍地都有。金属原料，主要的藏铁地带有徽果，成果，两固等地。渭水沿岸产有水银。洪河上游产锡。金矿，金砂的产地，也很多。金矿在祁连山，南山一带。金砂，在敦煌，永登，古浪，酒泉，张掖，靖远等地都有。甘肃也有不少地方产盐。

甘肃藏煤虽然很多，可是不但不能供应军需，连民生日用都不能供给。听说多数人民，燃料都用木材和马粪。旧法开采，事实上都有困难。现在要建立西北的国防工业，当然须用机器采煤，才有实效，但旧式煤窑，也应尽量恢复，扩充，改善。积少成多，应民生急需外于军需也有补益。

人民和兵士吃的是粮食，空军和机械化部队吃的煤油，汽油。汽油只靠输入，不但很不经济，也绝不能够用。河西煤油，因此急需开采。炼制汽油，采铁炼钢，创制机器，这些都不但必要，而且可能。甘肃不但应有现代化的兵工厂，且应建立汽车工业，航空工业，化学工业。甘肃北部，都产硝石，是化学工业的贵重原料。水银和锡，开采出来不但可供军用，也可输出。

甘肃的畜牧业，在西北也算最发达的。毛皮更以兰州为集中地。牛羊骆驼毛皮最多。所以甘肃的工业，毛皮工业还算有一点萌芽。从前在兰州，平凉，天水，武威，酒泉，安西，敦煌，临洮等地都有这一类工厂，但能维持长久的很少。现在从华北迁去的工厂也有。改善，恢复，开厂的开厂外，还须增设厂所，大量发展。现在毛皮原料，输运困难，也是发展毛皮工业的一个有利的条件。如再根本改进，发展畜牧事业，毛皮原料的生产，可以增加，质料也可日渐良好。

经济建设，交通是必需条件，但不必是先决条件。抗战期间，国外国人困难，改善交通状况，不但对于国防经济，就是对于民生经济，也绝对有利。兰州是国际线的枢纽，西北联络的中心。需要把宝鸡铁路向西延修到新疆，向南修到四川。更增修公路，使西北五省的经济，运转自如，西北和西南密切联系。由酒泉可修一公路，经通赛尔乌苏，以最捷径达到库伦。古代的国际地理是形势险要，现代的国防地理是交通和工业。形势险要是静力的，交通和工业才是动力的。而人力的运用，又是动力国防的动力。

陕西的资源，最丰富的是煤和煤油。陕北煤油最富，其次是煤。陕南，煤矿之外，金属资源，也很富有。铁矿在蓝田，镇安，耀县最多。洵阳产有铅铜。略阳有水银。琉璜产在白河，砂金产在汉中。其他资源如棉花，关中和汉中都产。汉中也产槲，漆，桐，蜡。

陕西旧有工厂是在西安，渭南，汉中，蓝田，凤翔，白河，大荔等地。据说现在开工的很少。

建设陕西的国防工业，首要的是开采陕北的煤油，并炼冶汽油，其次是陕南的煤。壶口水电，逼近战区，一时不容易利用。但大荔皮业，关中和汉中的棉织业，凤翔的毛织业，安康，汉阴的桐油，漆，纸的制造，汉阴的槲树增植，并设厂制革，都是可能和必需的。

宁夏的铁矿，青海的森林，也是建设西北国防经济的重要节目。西北药材也很多，制药也应提倡。

西北的资金很少，西南资金流入，事实上也困难很多。所以除用政府和社会的力量提倡外，推广合作事业，实是建设西北的主要方法之一。现在宝鸡的合作生产，已略有成效。更要普遍推广扩充，尤其是农产和运销方面，合作运动，直接有利于农民生活，间接有助于兵役运动。西北人口稀少，如不从民生问题根本解决，兵役问题的解决，较西南更为困难。

以兰州为中心建设西北国防工业，国防经济，改善民生，从而组织，训练民众，有灵便交通的运用，不但可以防守西北，也可在绥远，山西两线进行反攻。国防经济的建设，是驱逐敌人的必需条件，建设一点有一点的用处。战略上，指挥上的统一性，是随这个条件升降的。

以前一般心理，总以为陕西，宁夏未必可保建设无益，不知建设才是保卫方法。现在敌人进攻力量已经薄弱，西北建设，更要赶快动手，不但为堵挡敌人，更为进行反攻。先把华北的敌人击溃，全线胜利，才可提前获取。这是西北人民，也是全国有识之士，所应完成的任务。

三九年四月廿六日

原载 1940 年 4 月 26 日《大江日报》副刊《街头》第 26 期

国防宣传

宣传无论对于政治，对于战争，都有很大的功用。政治宣传在欧洲的都市里，每天都有。政府特设宣传部的，政治上每有新的设施，宣传部直接宣传外，并动员一切宣传机构，同时都做宣传，旦夕之间，人民都已晓喻了。战争宣传，比这还要重要一点，已经有一门科学去研究它，叫国防宣传学。不过它的主要对象是国际宣传和对敌宣传。中国对日作战，将近三年，宣传工作，做得依然很少。这是一个很大的缺点。在中国的特殊条件上说，国防的涵义同欧洲迥然不同。所以，把政治宣传战争宣传都拿到国防科学里来，成立一种国防宣传学，来研究它，是很可以的，也是必要的。在行政机构里呢，很多人都感觉有添设一个宣传部的必要。我本来主张设科学部，宣传工作也由科学部担任。不过这种宣传，当然是侧重在政治方面。科学以外，最好的宣传是艺术。所以提倡国防艺术，在政治宣传上看来，关系也很重大。科学宣传，在现在还没有多少可能，甚至连宣传学都还没有，除赶紧把它促成外，就现成的艺术，而加探讨，尽可能地发挥它的宣传作用，这工作也非常重要。有办法和把办法说出来，这是科学。科学宣传和政治上的实际设施，是不能分离的。科学宣传，必须由政府自己来做，才有广大效用。艺术情形不同，是一种人民的宣传，政府只应加以帮助给它便利的发展条件。把实际生活，通过热情，作家们就可以生产艺术作品。政治不能帮助它，它可以帮助政治。不过艺术自己还是要求助力。在民众的赏鉴力还很低的时候，最能够帮助它的，还是理论和批评。艺术学在现在还是很冷僻的学问，美学更不要说。有系统的艺术理论文字，也很少见。艺术在现在能够找到最多的助力的，就是批评了。批评艺术作品，从宣传的观点批评和从艺术的观点批评，都是重要的。不过，从宣传的观点批评时，不能忘记了是批评艺术，不是批评宣传品；一样地，好的艺术作品常是最好的宣传。成功的批评，成功的艺术，成功的宣传：三者相辅而行。

四，二八，夜

原载 1940 年 4 月 30 日《大江日报》副刊《街头》第 30 期

国防和文艺：民主抗战

国防有三种主要的内容：第一是抗战；第二是民主；第三是制胜。这三种内容不是一下子就齐备了的，是逐渐生长起来的。从抗战生长成民主，从民主生长成胜利。这是国防生长的过程，也是时代生长的过程。我们的时代是国防时代。

文艺不能离开时代的条件而产生的。无论作家觉到或者觉不到，他的作品总是时代的反映。时代的内容是什么，作品的内容也是什么。作品的好坏，就看他所反映的时代是不是真实的。作品的价值的大小，就是看他所反映的时代内容有多少，反映得快或慢。

在初期抗战时候，作家的写作，当然是反映抗战的。喜欢写的，当然是英勇的抗战故事。有写得好的，有写得不好的。时代是在生长着，就是把英勇的故事写得很好，可是时代的新的内容已在生长，已快长成了，作家还没有觉察，还是死不放松地抓住英勇的故事来写，不能说他一定就写不出好作品，可是他是写不出前进的作品来的。时代和文艺好像身和影一样，时代进一步，文艺也得进一步；影子若是过长，色就要模糊了。

可惜，我们现在看见的大多数作品，依然是单纯抗战的描写。

时代的新内容已经生长起来了，这就是民主。没有它，我们不能够一跃就跳到胜利的岸上去。它还没有完全长成，这是对的；可是作家不能等得什么到了眼前时，才来写什么。因为，文艺固然是时代的反映，可是作家须是时代的先驱。跑在时代的后面，要真实反映时代，这是不大可能的。

民主是政治。作家要写民主，好像必须精通政治。不是这样。作家不必要精通政治，可是他必须能觉到政治。生长中的民主，它是有形的，不是无形的。作家如能觉到它，他当然也会写它的。

民主的生长是不平衡的。有的游击区域民主已经长成了。作家如到过这样区域却只写抗日的故事，不写民主的生活机构，是由于艺术的修养的不充足。在游击区域以外，民主的生长一般是很缓慢的，作家觉到它当然比较要慢得多。现在却不大一样了。民主的生长，虽在后方，速率也比以前加快了。现在如不写民主，作家就很容易停滞在时代的日月里。

就说朗诵诗吧，没有朗诵时要倡导朗诵；已经朗诵了，要倡导街头朗诵，讲台朗诵。可是朗诵什么诗呢？朗诵诗在现在应有什么内容呢？这问题，现在就应该提出来了。朗诵单纯的抗战诗，在抗战初期，它可以激励民众的热情，发动民众的行动。到了现在，只有这个就不够了，现在要激励起民众的热情，发动起民众的行动来，最需要的是朗诵有政治内容的诗，倡导民主的诗。因为民众现在需要知道的，不是要"抗战"，是为什么要抗战。文艺是用感动的方式叫他们知道的。他们要求民主，给他们朗诵的诗，当然应是民主的诗。

这不是说，没有政治内容的诗，文艺，现在完全不需要，不应当写。不是的。好的诗或其他文艺作品，纵然它的内容不是政治的，但多少总会与政治有关系。很好的抗战作品，它的内容，也多少总会有民主的气氛在内。不过，在现在，以民主，以政治为主要内容的作品特别重要罢了。一首诗一篇小说，叫人听了或看了以后，只仿佛觉得还不错，却不能引起行动的反应来，这样作品，在我们的时代，不是十分必要的了。

现在且不讲行动问题，认识问题。现在只说，作家必须把握到有什么新的东西在生长，把握到它，来写它。甚至仅可以不把它认为是民主，是政治，可是必须写它，因为它是新生的，它已有闪光焕发了。

作家不必是比现在落后的，作品也不必是比行动落后的。作家有时候可以在战斗的最前线，作品也可以是行动的指南。写政治，写民主，这是作家们现在最大的任务。（不然时，也可以写政治的背面，写民主的反面。）

文艺上树起国防的旗帜，政治上国防也将要到来。我们的国防政治，它也应当是艺术的政治。

三月二十四日

原载 1940 年 4 月 30 日《蜀道》第 109 期

诗三首

新国家

叫你放心吧，
我们不预备放弃它！
它是生长在一起，
和我们的土地。
它像传说一样老，
小孩时候都知道。
可是它又很年轻，
抚养，爱护要我们。
人有时可以没有神，
没有它时可不成。
把玉帝放在门道口，
还撕破它的袍袖。
可是你曾遇到丰年，
肚皮也只能饱一半。
土地，像少女容颜丰半满，
苗子出脱得多么美壮！
可是你的面色呢？

还是一样苍黄，
因为没有它照管，
生活便没有保障。
这才为了争夺它，
曾几番死去活来：
几多奴才爱英雄，
几次英雄爱"奴才"。
而今胜利已经看见边：
百战中还有最后一战。
为叫小鸡走出来，
不怕把蛋壳挣坏。
为把它夺到手里，
还预备十次的死罪！

五，一

快乐的边沿

我们把生命记在账上，
记了一遍，又记一遍，
可是谁有那样的资格，
敢再来把它给算。
因为凡是包藏祸心，
想来审判我们的人，
他们的生杀之权，
正掌握在我们手中
因此更要快乐地战斗，
战斗时更要快乐地生活，
惟有牺牲的才配享受，

由你播种的由你收获。

五，一

为国家效劳

我的诗，
是为热情效劳，
因为若没有它时，
它就不存在了。
看见光焰暗淡，
火花照它一点，
那里嗫嚅耳语时，
它就来大声呐喊。
见真理受了蒙蔽，
弱者为强者所期，
是非颠倒，
真正人歪曲，
它这时就冒火，
火性比什么都恶，
还没有来得及觉到，
它已经发作。
它真像个快活的人，
我爱它像溺爱顽童。
有时候它也给人难为，
如看见什么事情不对。
可惜这个社会，
已经是稀巴烂了，

可爱的事很多，

可恨的人也不少。

还是这样一种人，走路像矩步规行，

便把一根针落在地下，

也会吃一次虚惊，

这样人

仿佛连读诗都没分。

诗走出来时，

先要准备受嘲笑，

一人嘲笑不要紧，

十人这就难了！

何况还有百千人，

并非无能，

诗讽刺，

可是这不算光荣。

虽然是这样很有用项，

它对我

打了抱不平，

还医治脑筋困倦。

五，一

原载 1940 年 5 月 3 日《大江日报》副刊《街头》第 33 期

国民大会，民主运动中最重要的关节

（是预备在一次座谈会里的讲稿）

国民大会的问题，在整个的民主问题中间，应该说是最重要的问题。宪法制得不好，国民大会还可以修正它。要是宪法制得好，国民大会不好，宪法仍然是一纸空文，不能发生政治的功效。国民大会的好坏，是从什么来决定呢？首先，是从国民代表成分的好坏来决定的。抗战到了现在，凡是有政治思想的同胞，都知道了民主政治是决定胜负的最重要的条件。因此，也就有一些同胞耐不住时局的沉闷，常希望有一种奇迹，忽然发现出来，打开一个新的局面，民主政治可以马上实现，胜利也可以很快就来到。这种心理，我不能保证它没有反映在宪政座谈会里。不过，我以为这种奇迹是不容易发现的。还没有一个政治家，能够像一个魔术家，把黄金变成帽子，或把帽子变成黄金。对于国民大会的问题，情形也是一样。所以我今天，并没有什么新奇的意见可以发表。我们的意见，我想，是大略相同的。我们大家对于国民大会，都有这样的一种理想：这个会里的代表们确实能够代表四万万同胞的意见，在这个会里能够通过确实表现四万万同胞意志的宪法，在这个会里，能够奠定胜利的基础，创立新中国的基业。这可以说，人人都有这样的理想，没有一个人会反对这种理想。可是，我要提醒一句：这里所说的四万万同胞，不是书面上的，不是口头上的，是实际社会上的，是有血有肉的。在这四万万同胞中间，有的在前线上从军打战，有的在后方做工种地，办实业，或从事文化教育工作。试想想，各业各界的这些同胞们，无论那一部分的要是离开了，我们的抗战局面能够不能够维持到现在？前线的将士不要说，就是工人，农民，离开行吗？不行的。论功行赏，大家都有一份。

我们讨论民主政治，国民大会的问题。目的不是为的别的，只为的是要动员四万万同胞的全副力量，来决定胜利。因此，国民大会里的代表分子，无论那一业那一界，都不能少，农民不能代表大学教授的意见，大学教授也不能代表农民的意见。这道理是很平等的。要各业各界的同胞们都有代表选举出来，参加国民大会，事实很明白，一定得先有结社集会的自由。就像去叫人们练习体育，不能反把他们的手足先绑缚起来，要过河，不能把桥梁拆断，是一样简单明了。不能结社，不能集会代表分子是无法来练习成，推选出来的。政府忙着维持抗战的局面，调整外交，也许没有很多工夫来注意到这些问题。可是人民自己的事，自己也不来管，不来推动，完成，那就成了奇怪的事了。我们已经有一个最好的条件，这就是，政府同人民已经有了一个共同的政治方向，人民要实现民主，政府也要实行宪政。宪政就是民主，民主才是宪政。政府要是只说宪政，不把结社集会的自由，交给人民，人民应该起来推动。人民要不来推动，那不是证明人民的程度还不够，反而影响到政府实行宪政的决心吗？政府和人民必须共同努力来实现共同的理想。政治的胜利，和战争的胜利，也就是属于政府的也就是属于人民的。要达到这种共同的理想，必须共同努力来准备国民大会的各项条件，要发动民众组织，把民主运动推广到各省各县，推广到乡村里，到各少数民族，到海外的侨胞中间。人人都会承认，我们抗战的最大弱点是，就是在现在，还存在着民族内部的种种悬隔，这里边最利（厉）害的是党派中间的悬隔，贫富间的悬隔，省区间的悬隔。必须各业各界各地都来参加民主运动，都来预备国民大会，这些悬隔才能够放到平地上来寻觅适当的解决方法。国民大会应当是真正的人民代表会议，保障胜利的国防代表会议。要实现这种理想，希望奇迹的方法是用不上的，必须用斗争，努力的方法。坚决地斗争，脚踏实地努力，休戚相关，相互扶助，精诚团结，共同行动，要做到这几个条件的话，民主政治一定是可以实现的，我们的民族一定可以铸造得像一个力士，把敌人扭转，驱逐出中国去。

一九三九，二，一一，下六时

原载 1940 年 5 月 6 日、5 月 7 日《大江日报》副刊《街头》第 36 期、第 37 期

代表不选举，要得吗？

　　国民代表大会，"论理"是应当赶六月底把选举手续办理好的。现在离预定期限不满两个月了，选举还没有一点动静。因此便有人揣测，政府大概不预备选举了。更有的人想，既然来不及选举，所以不必选举了。不选举，代表从那里去找呢？幸而前几年办过一次选举，代表选举好了，大会没有开。现在就把他们召集起来，来开这次大会，这不是很便当的办法吗？可是，你要仔细想想的话，就知道这种办法是不妥当的。比如，你要开一个商店，日子已经规定好了，赶这日一定得把人伙货色都预备齐全，可是日子快到了，什么都还没有，你是随便凑凑数把它开张了呢，还是改个日期好呢？当然是改日期好了。开国民大会比开商店是不能相提并论的。开会的日期还远得很，六月底办不好选举手续，尽可延长几月。要是因为赶预定日期办不及了，就不办选举，这种办法，比开商店还要看得不当回事了。

　　老百姓们遇到这样年月，受了很多牺牲，可也知道了一些国家大事。好容易熬煎得遇到一次国民大会，可以参加参加选举，问问政治，对抗战胜利也出一点主意。现在如不叫他们参加选举，这一肚子的不满意是无法打消的。这种不满意能够记在谁的账上呢？还不是记在政府的账上吗？在抗战的紧要关头，千方百计来博取老百姓的热情拥护，还怕来不及，还如何能弄亏空呢？欠账不是终有偿还的一日吗？

　　这次的国民大会和往常的什么会，绝不能一样看的。这是开天辟地第一次，实现民主政治，又是在抗战最危急的时候，绝不允许闹着玩的。机会过了，再找也找不回来了。干系顶大。干系放在谁们身上？说来说去，还是放在国民大会代表们的身上。开汽车的要选择，就是骑一匹马也要选择。近日开汽车的把汽车开到山沟里的也很有几起。骑马不选择，就像盲人骑了瞎马，连平地都像深渊。国民大会代表们如不经选举，随便凑数凑凑，结果当然比这要悲惨得多。

在抗战期间，人民的政治知识，经验，都有很大进步。这时来实现民主政治，不但恰合需要，也到了成熟时期。如一本大公，举行选举，老百姓都来参加，选举结果一定可以很好。有这样好的条件，不来这样做，这会叫敌人都觉得奇怪，不容易理解了。

代表不选举，要得吗？我们的结论是：要不得！

原载 1940 年 5 月 9 日《大江日报》副刊《街头》第 39 期

肃清汉奸

我不相信在我们的人民里边有生来就是坏人，遇到抗战时候，除做汉奸外，便再无事可做的人。不过，人的无知是无限的，而无知又常是恶行的指南，有的人竟会无知到那种程度，以为除做汉奸外，而没有什么事情好做。就以重庆来说，就是在没有汉奸被发现的时候，要说是汉奸很少，有社会认识的人都不会相信。那末，捉了几个汉奸，还不就等于宣布说，汉奸漏网太多了吗？

飞机飞的本领比人好，看到本领未必如人，要是没有汉奸在地先做手眼，敌人的轰炸，无论如何，目标不会瞄得那样准确。汉奸就是敌人的人形地图。撤退一个城市的时候，还知道把有用的东西破坏了，免得给敌人利用。在重要的区域里，能够忽视这种人形地图吗？

同扩充空军以制止敌人的轰炸一样重要的当前行政程序，是必须认真肃清汉奸。在政治上有时候创造一点恐怖空气，算不是什么坏的行为。现在最必需的，就是给汉奸们一点恐怖的空气。只有用肃奸的恐怖空气才能够减少以至于替代了空袭的恐怖空气。对汉奸的宽纵就是对全体人民的虐杀和对敌人的帮助。

把死伤的人数以多报少，拿败瓦颓垣做胜利品来歌颂，放开切身的生死利害不看不讲，这都不是舆论界的。先把你们自己好好地指导起来吧！讨论目前紧急的问题吧：三天不打，上房揭瓦，这说的是顽皮孩子。便有几天的空袭间隔，不是离敌人败退时候还很远吗？

六，一〇

原载 1940 年 6 月 8 日《大江日报》副刊《街头》第 69 期

战胜空袭

——我们要怎么办？

每次从屋里出去之后，总得想：赶回来的时候，也许什么东西都没有了。这种生活，美固然不美，壮也不怎么壮吧！可是，也许每一个人，都过的是这样的生活。没有一个人会教诲人说："你关在屋里不要动，或者，把你的身体投到火堆里去。"可是，同时，也许每一个人都做着相仿佛的事：把自己关起来，并投到火堆里。

这篇短文里，不是想把天下事都说尽的。这里只是要说，在空袭最紧急的时候，应该有个祛除空袭的办法。因为消极的躲避决不能算是一种办法的。从防空洞里出来时，还要防空，还要有事做，这才是正当的生活方式。

怎么样可以祛除空袭呢？这事并不难，只要多用几架飞机。大家从报上也可以听见英国人说："只要多有几架飞机来就胜利了。"我们现在才真是这样，要战胜空袭，只有一个可靠的方法，就是多买飞机。英法打战，有美国帮助他们。帮助我们的，也有苏联。只要我们自己有办法，苏联的飞机可以源源而来。

说起最后胜利来，谁不是眉开眼笑呢？可是，（中略）好像单凭希望就可以把现实创造出来，好像小孩行百里路的方法，就是停在路旁捡石子玩。最后胜利不是可以从天上掉下来的。愿意战胜长期的战争，先要战胜现在的空袭。号召买飞机！人死没有什么，死也要死得悲壮！

六月十二

原载 1940 年 6 月 16 日《国民公报·星期增刊》

加强空防

　　顶至十一点钟的时候，某处的火还放着红火焰。房屋已经烧得只剩地基了。僻静的小路上，人们架着棺材走过。的确是在温习去年的旧课了。去年只是城内外，今年四郊都包括在内。这好像是说，今年炸的是大重庆。忽然听得人传言，复旦中学今天又被炸了。不要重庆了吗？当然是要的。那末，大家应该想想：怎么样保卫重庆呢？

　　保卫重庆不难，只要加紧积极的防空。可是就像一个人，自己不坚强起来，朋友是无从帮助的。向苏联买多少架飞机，这当然是可以办到的事。只是看怎么办。究竟应该怎么办呢？

　　有人会想到献机。不错，这是很可采用的办法。以前没有这样当紧，还献机，何况现在是保卫重庆呢？

　　不过，必须注意，老百姓们的衣袋是没有多少钱。叫老百姓献机，虽然是直接救自己的命，可是这种事总有点办不到。海外侨胞们，有口皆碑，用钱时最痛快。但对于他们也不能求之太奢了。

　　最好的方法，是叫有钱人们拿出钱来，买飞机。有一万万的拿一千万！有一千万的拿一百万，有一百万的拿十万。把钱集拢来，买输出品，送到苏联换飞机，五百架绝不算回事。有不拿钱的，最轻的惩罚也应该是：把他从大重庆逐出去。

　　穷人的生命是损失，有钱人的财产也是损失，与其损失以后再丧气，何如叫它少损失一点好呢？边炸，边买飞机，即使赶不上总有补益。况且，还有来年。有钱人不愿意变成穷光蛋，赶快献飞机！穷人不愿意做冤死鬼，赶快起来，要求督促有钱人拿出钱来买飞机。

六，一一

原载 1940 年 6 月 17 日《蜀道》第 147 期

空军必须生长

　　人人都愿意知道我们的空军究竟有多么大的力量，飞机究竟有多少架，战斗员究竟有多少人。因为大家都不能知道一个较可靠的数目，只能猜测，所以异说就纷纭起来了。不过，我们不妨笼统一点说，同时却也是严格一点说，我们的空军，还没有到青年时代，还只能够在少年时代。以我们中国的一般国力做比例，我们如能有一千五百架飞机，又有足够的本国战斗员的话，我们也许可以夸张一点说，我们的空军已经是一个青年了。现在离这标准还很远，我们还不能正确地推算，那一天才能到这样的时候。

　　空军的养成，不是像陆军那样容易的。一个空军战斗员的养成，比一个文艺战斗员的养成是要速成得多，条件也要简单得多；可是比一个兵士的养成，却要费时，复杂到好几倍了。飞机的制造又是那么样困难。我们还没有民族形式的飞机，旧的也没有，新的也没有。再加上空军有行政机构的缺如，空军教育的不切实际，空军宣传的无力，民间航空运动的忽视，国民体格上的缺点，知识上的缺点，和体格，知识不平衡发展的缺点；种种原因，就在我们的空军发展的前途上横立了一座墙垣，如不费尽力量，就不能轻易逾越过去。看看我们空军战斗员牺牲的史实，这些光荣的战士们，在他们死的时候，年龄多数在二十二岁至二十五岁的中间。这一点表现了我们民族的光辉灿烂的将来，一面却也说明了我们空军的幼弱无力的现在。

　　讲起空军的历史来，时间还是很短的。从前不是没有人有先见的远大眼光，提倡建立空军。可是也有很多人把这当成是一种理想，以为是不大可能的事。所以说的时候激昂慷慨，做起来□□□□。始终谈不到着意经营。中间也有不必讳言的腐败现象。虽是这样，抗战以来，空军也曾表现过几次力量，像奇迹一样的出人意料。空军在现在的重要性，大家都已知道了。杜黑的镇空战理论，起先人们还可以怀疑，经过这次的欧战实验，大家知道是近于事实的了。我们的城市被炸毁，生活被破坏，好多事业被中断，空袭恐怖一来就不能用自力解除，大家也都知道是因为我们的空军力量还太薄弱的缘故。从我们的空间战斗员的成绩来看，我们的国民是具有优良的条件的。因此，我们即使不把空军力量不足的原因归咎在政治方面，也必须把它归咎在社会方面。因为我们的社会人士太不把空军看得郑重其事，太不注意于它的养成，发展了。有时候可以看见虚张声势的赞颂，可是没有恰合事实的抚养，鼓励。明知道空军的力量不够，可是在言论上提到它时，一定要说得威风十足。社会的失职，社会仍自食其果。现在如不改正，将来受害还要更大。

社会怎么样改正这种错误呢？比如，就舆论界说，应当时常提倡扩充空军。无论对于政府，对于人民，这都是一种很必要的刺激。对于无知识的老百姓，这更是两倍的重要。因为这种言论辗转传达到他们的耳朵里，会解除他们对于空袭的恐怖。他们知道老虎也是有方法可把它打死的。报纸要不提倡扩充空军，应当觉得仿佛是一种耻辱一样，就像自己不知道空军的战争作用。报纸如只是一味把空军颂扬，应当看做是对老百姓的一种欺骗，比老百姓们自己用天兵天将，关公显圣等迷信欺骗自己，最好也等于它的一半。有钱人们的不肯捐钱买飞机，应当当做是一种罪恶。少买一架飞机，多牺牲多少生命。这些生命，应当感觉得就像自己杀死的一样。科学界应当贡献扩充空军的计划，因为这事，自己做得可以最好。建立航空工业，也应当时常讨论计议。即使办不到，也要尽最好的力。一切有价值的事，都是用生命拼出来的。欧洲如没有多少年拼生命的历史，航空发明也不会从天上掉下来的。在战时，更是在空袭恐怖时，科学界更应当站在先知的地位，提出计划，并努力叫它实现，以保卫大众，挽救民族。艺术界应当把最大的热情拿出来，用作品，也用行动，唤起社会的注意，叫有钱人感动，叫穷苦人民奋发，大家合力来为扩充空军效劳。最后应负总责任的，是从事政治活动的人士，要把这些力量和它们的效果都汇合起来，通过政治，把它变成事实。谁要是不这样做，谁就要想，这正是做了坏事，帮助了敌人，屠杀了自己的同胞兄弟。

空军必须生长。幼弱的少年空军必须先叫她健康起来。必须把这个过程做完，我们的空军才有发展成健壮青年的希望。

六,二三

原载 1940 年 6 月 25 日《大江日报》副刊《街头》第 84 期

空军文艺

文艺（学）艺术和战争，向来不很合脾胃。有时说战争文艺，不过所指的常不是为战争的文艺，却是反战争的文艺。战争里边有时候也有革命的战争，表现这种战争的文艺，常叫做革命文艺或革命战争文艺，没有把她叫做战争文艺的。至于陆军文艺，海军文艺，这种名称，仿佛还没有见用过。现在用了的，只有空军文艺。空军文艺，它的意义，是不是也和陆军文艺，海军文艺相仿佛呢？应当不是的。为什么呢？说陆军文艺，海军文艺意义总是为战争的；空军文艺却不尽然。第一因为，我们的陆军现在有，过去也有，现在用她对日作战，从前也用她作过内战；海军，现在和过去都没有，只有是在对日作战中才长成的。第二，陆军，海军除用于战争外没有用处；空军却不然，在战争消灭之后，航空事业不但还需要，且将是人类文明的象征。第三，空军在我们的民族，又好，又有用，又年轻。只有这三个原因，已经够享受特权，标榜起空军文艺了。所以我们的空军写作者大胆把这个新门类介绍到文艺里来，我是十分赞成的。空军文艺，它的意义好像就是说对日作战的青年中国。至于在这种号召下有没空军文艺建立起来呢，我们是不可以求全责备的。他们写作，不必是文艺家。如说还没有空军文艺，还没有描写空军的好作品，责任是应当由文艺作家们来负的。空军写作，最少也供给了我们一些材料，可惜没有人注意它。

写空军，这工作当然不是容易的。第一，必须生活在空军圈内，这一点已经够困难了。第二，必须有丰富的空军知识，这在我们的作家是更难办到的。第三，还必须多少有一点飞行经验。后一个条件是最难能的条件。

现在有没有作家具备这三种条件，或者有没有具备这三种条件的空军人士有文艺的才能，这都是不能立刻回答的。不过，不管怎么样困难，空军是我们的前进的力量，是我们的时代的光荣，不看它，不写它，是文艺界的色盲，创作界的痉挛。

空军是不适于文艺描写的吗？决不是的。空军，连他自己已经是一种创作了。所以凡是描写到空军的文字，文艺的色素是时常可以看到的。空军写作的缺点是容易夸张。因为要把一个不深知的人说得很好，总不免会夸张失实的。没有艺术修养的人，夸张是最容易，最省力的写作方法。就连报纸上的文字，一般都是无可取的，可是一写到空军，便写得很能引人入胜，有时候甚至写得很美。这还不是说空军是天分最好的文艺题材吗？

老百姓对于空军，仿佛还没有很多的传说流布，这是对于他们的这种知识太欠缺了。老百姓们的文艺语言，还只有用在敌人的飞机。如说投弹是下蛋，不算得很好的，不过总有点文艺的意味。老百姓们还没有空军传说，作家们应当为他们拟作。因为空军不但是现实主义的创作题材，也是罗曼主义的传说根据，不但对作家是新奇的，就是对老百姓，也是耐人寻味的。

空军虽然有这么多文艺的优越条件，可是空军文艺不但在中国，就是在世界，也是很沉寂的。世界空军文艺中，最值得特笔记录的，要算是苏联的那本小说。作者的名字，一时想不起来，手头也无书可查。他计划北极的探险飞行。他把这种计划向政府提出，要求政府帮助他实现。政府把计划保留起来，没有立刻允许他。他于是把他的理想写成一本小说。小说写成后，政府把实现他这种计划的各种条件都准备好了，允许了他去飞行探险。他的飞行和小说这样就都成功了。一般的空军艺术，在苏联，当然以电影为最多最好。

在中国，梁鼎铭的空军美术作品是最丰富的，可惜我没有看过。文艺作品，我看过并觉喜欢的，有欧阳山出的一个短篇小说，是在去年的一期《文艺阵地》发表的。我自己的诗，有一篇也可以指出，题名《空军是胜利的保障》。

六，二四

原载 1940 年 6 月 26 日《大江日报》副刊《街头》第 85 期

组织和知识

行动的力量，是从那里来的呢？是从组织和知识来的。比如有十个人在这里，七个人是没有组织的，三个人有组织，这三个人一定比那七个人厉害。重庆的居民很多，可是因为没有组织，空袭周期一到时，大家便一哄而散。要是有组织的话，应当疏散的，有计划地疏散，无论对于他们自己或对于重庆，都可有益无害。留在重庆的居民，也是有计划地留着，抵御空袭，安定市面。可是因为没组织，这些都谈不到了。空袭留给我们的损失，一部分是由于敌人，一部分也由于我们自己的无组织。比如说，食物一天比一天贵，这现象是很危险的。原因可以归在奸商操纵上。可是商业如是严格组织了的，奸商便不敢操纵，不能操纵。空袭直接损失的，固然很大，因许多事业的停顿而导致的间接损失，比直接损失还大得多。这种间接损失，要是人民有组织的话，可以减少到最小限度。留在重庆的居民，不一定都对重庆有多少好处。因为每天除了躲防空洞用去好多的时间外，许多的事都脱了节不能做，剩的时间，也大半都白费耗了。这还是没有组织，或组织不严密的害处。把留在重庆的人组织起来，发挥积极的防空效能，这在空袭恐怖期间，是再重要不过的事。

有组织，就能够发生行动的力量。要这种力量更大一点，用得更好一点，这就要有知识了。在空袭期间，最重要的事，是把空袭和抵御空袭的知识都传布给人民知道。这工作，我们做得非常之少。比如一般报纸，应当是做工作的利器，可是它们并不尽职。对敌人感伤地谩骂，对自己无限制地夸张，这些不但与知识无关，而且于人民有害。老百姓们谈起空袭来，上不着天，下不着地，还不是因为没有较正确的认识。他们应当谩骂，夸张，报纸应当教导他们。现在，报纸却什么都没有给他们做，什么却都替他们做了。老百姓如有较多的空袭知识，便没有组织也很有用处。若要再有组织，便可发生防御效能。组织得再好一点，懂得的再多一些，还可以战胜空袭。

六，二五

原载 1940 年 6 月 27 日、6 月 28 日《大江日报》副刊《街头》
第 86 期、第 87 期

行动学

第一章　行动和行动学

我们的时代是行动的时代。行动的字样，在讲演中，报纸上，杂志上，出版物中，一天比一天活跃起来了。人们都在要求行动。哲学的研究者们也把行动作为对象做长期的研究。实际的行动家们，用错误与试验的方法，更给行动的科学研究上供给了很丰富的材料。可是大体来说，行动在过去还没有成为自然科学研究的主题，行动学在科学上也还没有正式成立。

在我们中国，行动在口头上，在出版物中，也一天比一天知名起来了。我们的人民，因为缺乏科学的素养，对于行动还没有比较正确的认识，可是大家要求行动。因此，给行动以科学的考察，在现在是很重要的事。

行动，在实质上，在我们中国，不是一个闯王。我们向来把它叫做是行，行在我们的民族的思想上和实际活动中向来是处于中心的地位，朝代变更，行的位置是不变更的，行动的意义，虽不是和行的意义完全相等的，但它是行的意义的发展。

行为主义的心理学在中国也颇为人所知。它在中国容易被接受，也因为有行〔动〕的意义。这是两者的混合。行为有变化的意义，行动则有使变化的意义。

行动在现在最广泛的应有之政治的行动，政治的意义也有使行的意义在内。推而广之，凡是有使变的意义的，都属于行动的范围。劳动变化物质的形态，固然是行动，就是教育，艺术，逻辑及两性的结合，也都是属于行动的。教育是变儿童和少年的行为，艺术是用直接的刺激变化人的行动，逻辑是变化人与自然的关系，两性的结合是男女双方行为的交互变化。把这些综合起来，行动的意义就是历史的行动。人类的行为的特点，就在它能够创造历史。历史的活动，在我们的世界上，比其他的一切活动都丰富，复杂到无数倍，它是我们的世上活动的主体。

虽然这样，行动却不是超于自然的，也不是与自然对立的，而是自然的活动中的一部分。人类的行动，不但要受制于物理的法则，于生物的法则，而它自己有它的自然的法则，它须受制于行动的法则，自然就是运动。现代的物理学研究自然的最基本的运动，分成两派，一派说是一个单独质点的运动，一派说是一个简单的周期波动。行动则是自然运动中最复杂的运动。

（未完）

原载 1940 年 6 月 28 日《大江日报》副刊《街头》第 87 期

战争与政治

战争是政治的继续，所以决定战争胜败的，仍是政治。这意见当然是对的。不过，这种意见一点也没有包括着另一种意见在内，说战争不是战争。战争仍然是战争，即使它已经负有否定战争的性质，它仍然是战争。因此要说战争绝对不能决定战争的胜败，这是不可的。就法德两国的政治来看，德国把政治集中在军事上，法国没有这样做，所以打起战来，法国是要比德国弱的，德国把他所能够集中的东西都集中到军事上来用，现在德国打了胜战，这不是说法国整个民族被德国民族打败。法德两国最大多数的人民，都是不喜欢这次战争的。只就这一点说，也可知道，法国人民并未失败。若说法国的政治被德国的政治打败，也不十分妥当。也不能说，法国的资产阶级已经最后被德国的资产阶级打败。戴高乐所表现的，只是一种事后的认识，无力的忏悔罢了。

以法国的往事来推断英国的未来，准确的可能性当然是很少的。不过，也可以做一种比较来看。就政治说，英国比法国还是要开明一点，也没有法国那样人事上的腐败。英国的政治人物比较有远见的也比法国多一点。不过，在战争中，政治已经不一定是决定战争胜败的最后原因，而是由战争自己决定。这就好像普希金，莱孟托夫一样，要到了只能同人决斗的时候，就不一定是荣誉的选手了。所以当我说，艾登终归还会上台的时候，一点也没有代他乐观的意思在内。

古人说："战争好像一把火，不管束它时，它就自己烧起来了。"现在世界的一面，是一个火的世界，它已经烧起来了，小火总得被大火吞没。

可是在世界的另一面，真理仍然健壮地活着，而且生长。政治仍然决定战争的胜败。我们在这个世界里边,已经是有位置的。英国的人民无罪,他们应当护救。

原载 1940 年 7 月 14 日《国民公报·星期增刊》

献机劳军

（胜利从今年的中秋算起）

中秋是民族的团圆节。抗战以来，三年于兹，每逢中秋佳节，前线将士固应思家，就是后方的将士之家，也不免要思将士。这是人类自然的感情，谁也无法禁止。可是今年的中秋，情形略有不同。今年的中秋，前方吃紧，比往年更甚。所须的将士交瘁身心者，也比往年更甚。因此，今年的中秋，将士不应思家。将士为国勤劳，生命和安宁，都置之度外。而今遇到一年一回的中秋佳节，连思家的幸福都不能享受。在后方的同胞，如不在这时举行劳军，何以安慰他们的精神，酬劳他们的忠义？不但是这，今年将士所负的责任更重大。今年的劳军也应与往年不同。如只是写几篇文章，开几次会，送一些礼物，织品，献一面锦旗，这都是远远不够的。今年的后方同胞，必须与前线的将士同甘苦，共荣辱，负起一样的责任，用这种方法来劳军，这才不愧是一个国民，对得住前线的将士！

有的人想，这些时，前方虽说吃紧，可是截至今天，大战仍没有发生，后方敌机轰炸，形势紧张，损失浩大，也许突过前方。这不是同将士同甘苦，共荣辱吗？不，这还不是。与将士同甘苦，共荣辱，必须与他们负起一样的责任。如不能在物质上帮助他们，最少也得在精神上帮助他们。怎么样从精神上帮助他们呢？安定后方，这就是一种精神上的帮助。将士们听得后方安定，也无须顾虑，他们自然会精神百倍，勇气十足。这种精神上的帮助，有时候比物质的帮助效果还大。中山先生最知道这个道理，所以他常说，一以当十，十以当百，有了这种精神的，这就是革命军人。

中秋劳军，具体的方法，应当是：大家从今天起，要下个决心，发个宏愿，把献机运动扩大汇合成一个五百架飞机运动还不算，还要把它发展成一个补充空军的运动，用一千架一千五百架，二千架的飞机，在大战起来的时候，飞到前方助战。这不是说，这些飞机的物质力量就可以把敌人这次的攻势击退。这只是说，用这方法把前方将士的革命抗战的精神鼓动到高潮的顶端，再加上它的物质力量，这就可以击退敌人。要用这方法来举行劳军，必须把后方同胞的集体力量，发动起来，才能卓著成效。有智，有力的要奔走号呼，有钱的要疏财仗义。特别是有钱人们，在今午的中秋劳军的节日，应当换一个新的心来，变成一个新的人。如还只想钱上加钱，发国难财，做出卖良心的事，这是会家亡身丧的，有钱人们如不愿捐出钱来，也可以来买公债。把钱变成公债，钱不但有用，也可生长。这是为国为己，一举两得。有钱人们如用这方法来劳军，这就是好国民，可以对住前方将士！

发动献机运动以外，大家还要准备好，到敌人攻势开始，战争吃紧的时候，要发动广大，热情的劳军运动，到前方去，激励士气，燃烧起他们的灵魂，叫一以当十，十以当百的抗战革命精神，十以当千！

中秋劳军，要叫胜利从今年的中秋算起！

原载 1940 年 9 月 16 日《蜀道》第 230 期

展开批评运动

把天才和学习看做是两件相反的事，本来是很错误的意见。不过，现在仿佛有些写作者，把天才和学习都放弃了。这种态度也许来得很彻底的，可是不能因此叫作最成功，所以不是正确的态度。

从学校里学习文艺创作，大家都知道，这不很必要，也不很可能。可是，这不是说，文艺创作不必要学习。一般的写作者，大抵先是把自己喜欢看的文艺书拿来看看，自己纳闷时便拿起笔来写写。几篇作品如经过发表，便一气写了下去。再过一个时候，自己好像已经是大作家了。要用这种方法来成功一个作家，不是不可能的，不过必须有几种条件。或者是有很特殊的才能。这就是说，不是任何人都能够的。或者批评工作很发达，作品当经过批评的陶冶。但这个条件，在现在还不能说已有。或者一般读者有鉴别能力。这个条件，离有还是很远。或者有作家指点。这一种机遇，不一定人人都能得到。如没有这些条件，就会在创作界养成一种风气：用半生不熟的东西来堵塞文艺生长的路。

写作者们很有理由来断定自己是有特殊才能的人。不过，有一个人这样时，也许是靠得住的。如有十个人这样，还好。再多的话，这就未必靠住了。总之，特殊才能的路是最有成功可能的路，同时也是危险最多的路。有人如想走这条路，必须到自己有严格的自我批判，艰苦的学习，再加上若干年的试验之后，才可以自下断语。因此，有特殊才能的写作者，在现在也许不是没有的，不过，他在我们现在的创作问题中，已经不是主要的问题了。

现在对于创作的主要问题是什么呢？是看作品，是批评作品。不要管批评家怎样说，写的只管写，这时代已经过去了。批评和创作，有一样的重要性，是不能相离的文艺活动。等候十年甚至二十年来判定一个天才，是过去的事。作品有它的社会功用，要对社会负责任，它的好坏是应及时判定的。

为改善作家的创作条件，我们号召过保障作家生活运动。所收的效果诚然很小，不过，问题不是一了百了的。就是写作者都能从作品得到很优裕的报酬，批评还是很必要的。万一有人提出某种理由来说，因为一般的作品不好，所以不值得提高稿费，这不是也很像是一种正当的理由吗？

批评工作，不像平常所想的那样容易。如要做得很好的话，批评同创作一样困难。把作品，不是囫囵（囵）吞枣，却是"大解八块"分析开了来批评的，现在很少。不过，这种工作所以没有人做的原因，主要地还是怕得罪人。这也不是一种正当的态度。有很多正当的事，做的时候，比做批评工作还容易令人不欢。批评对于创作，做得适当的话，是有利而无害的。如果写作者各尽所能，往自己优长的方面发展，让批评也来完成它的任务，这就比什么都好了。

我们仍要继续推进保障作家生活运动。不过，为改善文艺创作的内在条件，展开批评运动，现在也是时候了。

八，二八
原载 1940 年 9 月 20 日《蜀道》第 234 期

重庆好像在啼哭

古话里有过这么只鸟儿，
她的身体便是座油田，
把她打下来用什么一压，
油瓮里便有油来流满。
我们现在也有这鸟类，
她身体里的油已经变水，
这只鸟儿便叫做重庆，
我们居住在她的胃里。
她好像杜鹃变做女人，
哭哭啼啼地没夜没明；
她又像蜘蛛吞食了海绵，
吐出点滴来织成水网。
若说比鸟儿更像走兽，
她像古话里说的那"漏"，
屋顶仿佛和天顶相连，
像个结舌子藏不住语言。
口忘了渴，渴忘了饮料，
浑身上下尽都是雨了；
她一时一刻只叫你牢记：

打倒日本帝国主义！

一〇,二三

原载 1940 年 11 月 22 日《蜀道》第 289 期

准备总反攻

　　日子是一天一天过的，但到了每年的除夕这一天，情形就不一样，是一年一天过了的。贺新年和守岁的风俗所以这样普遍，除别的原因之外，这也应是一种原因。从除夕到新年，这是一年之间惟一的一次突进。过日子的道理，和这也是一样的。一个人最快乐的时候，就是在他的生活上遇到一次突进的时候。一个人是这样，一个民族，一个世界，也是一样的道理。

　　抗战是从"七七"开始的，它是民族解放运动中的一个突进的日子，所以大家想到这个日子时，精神上都是很快乐的。这比过除夕和新年的快乐要多得多的。除夕和新年，一年有一次。"七七"的突进，历史的活动中只有这一次。

　　但历史活动中的突进，却绝不只是一个"七七"。大的突进，小的突进，是不可胜数的。只就抗战的历史活动中的突进来说，也不只有一个"七七"。比如说今年吧，就是应当有一个突进的日子，也是可能有的。

　　今年应当有，可能有一个什么样式的突进日子呢？小之来讲，是一个全面开始总反攻的日子。我不说是一个胜利的日子，因为不经过总反攻的过程，胜利是不可能的。

　　新年过去了。比之大的快乐，这只能算是很小的一点快乐。但即使是小的快乐，也是一天一天过才过到的。科学不能发明出一种方法来，叫人从一段极小的时间上跳过。便是极小的时间，人也必须从它经过。科学只帮助人把每一小段的时间过得更有价值，有更多的收获。我们要想有总反攻的日子来到，必须要善用一切的力量，爱惜每一分钟的时间，来完成总反攻的准备工作。这不只是政府当局们应当负的责任，也是一切同胞，尤其是体力和知识的劳动同胞们所应负起的责任。文化，政治，经济，军事，青年教育，这所有的劳动广场中的同胞们都要加倍努力起来，一件事，一条心：准备总反攻。

一月五日

原载 1941 年 1 月 11 日《蜀道》第 330 期

一点点军火

战争在前线，
战争也在后方；
战争在海底，
战争也在天上。

处处都是战场，
人人都得做战士。
战争不只反战争，
战争还反对法西斯。

你们射出血汗，
我们射出脑髓；
你们不害怕牺牲，
我们也多有残废。

我们还有血液，
往脑海里运送，
我们还有呼吸，
把血液循环推动。

都因为有你们
把走兽的蹄腿挡住，
你们是道活黄河，
几年来把我掩护。

这里没有宣传，
也不会战地娱乐；
这是给你们的灵魂里，
送来的一点点军火。

原载 1944 年 12 月 7 日《抗战日报》

延安集

地的呼吁

人穿棉，
水穿冰，
地穿雪衣；
可是地，直到现在，
它还是赤身露体。

没有茶，
没有咖啡，
人喝白开水；
天不落雪花，
土壤喝什么？

又受饥渴，
又受寒冷，
土地不做声；
可是人提心吊胆：
土地遇不到好冬天，
明年怎么办？

铁会炸裂，
牛会吼，
土地也有不能忍耐的时候；

呜呜的风刮起来了，

沙从西北吹来，
土地寄托着她的悲哀。

延河被吵醒，
先睁开一半眼睛；
她想换掉外衣，
冰剥落着，
像是蛇的皮。

就说延河里的水，
是土地妈妈的眼泪，
她现在正痴想着：
不该叫它流出来，
该把它咽回肚里。

一九四二，一，三〇
原载 1942 年 2 月 18 日延安《解放日报》
录自 1946 年 9 月 15 日张家口文协分会 "和平野营" 印行的《延安集》

这样唱，这样做

山连地，
地连山，
谷子种在山顶尖。
去年开荒开得少；
今年多开荒，
小米吃不了。

延河涨，
泛两岸；
两岸修得高，
岸上搭石桥；
人马桥上走，
河水桥下流。
岸旁多筑蓄水池，
引出水来种稻子。

不要把人力浪费，
不要把时间浪费；
把空闲的时间，
拿来用在工厂里。
多学一些科学，
少说一些空话；
劳动技术化，
经济工业化；

大姐也是组织家，

小鬼也是专门家。

一九四二,三,二二
原载 1942 年 4 月 5 日《解放日报》
录自 1946 年 9 月 15 日张家口文协分会"和平野营"印行的《延安集》

边区是我们的家乡

边区是我们的家乡，
住在边区的同胞们，
也都是我们的老乡。
我们要把身体紧靠着身体，
就像是绵羊们遇见了豺狼。
我们要像五个指头，
结成一个比铁还结实的拳头，
战斗是为了团结，
团结是为了战斗。

西北风是我们赶不走的客人，
她给我们带来黄的沙，
和刻骨的寒冷。
太阳给我们送来温暖，
它跑过来把它冲散；
我们的云散成雾，
我们的雾散成烟。
我们冬天呼吸不够雪花，
夏天也常常苦旱。

我们的土地瘦，
我们多把肥料喂；
我们的人口稀，
我们一个人出十个人的力气。

我们一百个人里边，

有九十五个生来是贫穷的，

为的来创造新天地。

我们是从苦难里训练出来的军队。

在抗日战线上，

我们是前卫。

我们先准备好总反攻，

我们先胜利。

原载 1944 年 11 月 6 日《解放日报》

录自 1946 年 9 月 15 日张家口文协分会"和平野营"印行的《延安集》

红色十月[1]

红色十月是狂飙：
封建的山被它吹翻，
资本的海被它掀倒。

红色的十月是太阳：
它把白雪也照得发光，
它把黑土也照得发亮。

红色十月是一个娃娃：
它一年过一次生日，
一年比一年长大。

红色十月是一个世界：
它用六分之一的地球，
统治六分之五的人类。

纪念红色十月！
保卫斯大林格勒！
男人学习斯大林格勒的工人：
不做工的时候便打战，
不打战的时候便做工。

---

[1] 红色十月，是斯大林格勒的一个工厂的名字。——作者原注。

女人学习斯大林格勒的妇女：
战争是她们的生活，
生活引她们到胜利。

同志！请你这里看：
不是纳粹进攻红色十月，
是红色十月进攻纳粹。

一九四三，一一

录自 1946 年 9 月 15 日张家口文协分会"和平野营"印行的《延安集》

希特勒逃亡

一窝三狗出一獒，
一窝三狼出一豹；
三个法西斯妖怪里，
希特勒德国最呱呱叫。

它闯进社会主义的家乡，
偷吃人类的理想；
把它赶出去可不难，
不是三个月，是用了三年！

它现在夹着尾巴跑，
掀起后爪子洒着尿，
它只顾着跑路，
也忘了先在那里嗅一嗅。

一九四四，九，二四
原载 1944 年 11 月 7 日《解放日报》
录自 1946 年 9 月 15 日张家口文协分会"和平野营"印行的《延安集》

法西斯罪犯们

我们不会把罪犯们冷淡，
我们已经预备好犒劳，
他们自己所犯的罪恶，
便是他们的香甜的吃烤；
不必再多放一勺子盐巴，
不必再添上一格缀辣椒，
一定会合适他们的味（胃）口，
这是由他们亲手烹调。

除非是钻进地缝子底下，
或是溜出到天边子外面，
没有空间把他们庇护，
没有窟窿供他们躲藏，
就像死了的不能够复活，
就像残废的不能够全还，
就像战争不能再来到，
就像和平不能再损伤。
那里有人民他们被捕获，
那里有法律他们被问罪，
蚂蚁下蛋在他们的血管，
苍蝇下蛆在他们的脑髓。
我们用滚水把土地洗净，
看那里接触过罪恶的身体，
叫清白的心里不再有恐怖，

叫孩子们不再梦见魔鬼。

一九四四,一〇,一三
原载 1944 年 11 月 18 日《解放日报》
录自 1946 年 9 月 15 日张家口文协分会"和平野营"印行的《延安集》

为自由而斗争

已经打了七年的战争，
现在照样还失地弃城；
我们的国土不是没边疆，
退却可以到边疆和外面。

汉奸出卖了我们的城池，
城池外树立起战斗的旗帜；
我们还是有四万万人民，
是侵略者防备不住的敌人。

我们早已经把握着胜利，
走狗咬住我们前进的腿；
我们的时间因此被拖延，
也因此集合起更多的力量。

我们要把敌寇驱赶到天边，
并且要在消灭他们之前，
还得要先把飞快的刀尖，
刺穿汉奸走狗的胸膛。

我们并不是单独斗争，
我们有反轴心的民族同盟；
全世界的人民为我们后援，
在敌国的他们也息息相关。

我们把友邦运来的武器，
全数装配给战斗的部队；
我们把黄金换成军用品，
一滴也不叫流进敌人的袖筒。

不自由的生存不如一块破布，
它比那破布多一些耻辱；
为自由死亡，为自由生存，
所以先要有自由的灵魂。

女的是姐妹，男的是兄弟，
民族是我们生身的母亲，
斩尽杀绝自由的害虫，
叫劳动的人民都成了神圣。

一九四四，一一，二一五

原载 1944 年 12 月 10 日《解放日报》

录自 1946 年 9 月 15 日张家口文协分会"和平野营"印行的《延安集》

解放歌

那里有人民，
那里是我们的后方，
在那里战斗，
那里就是前线。

前线和后方，
全中国一条战线，
后方结成钢铁圈，
前线结成钢铁链。

铁路是敌人的胳膊和腿，
电线是敌人的耳朵和眼，
切断交通线，
敌人不动掸（弹）。

一座城好比一座山，
把敌人围困在山顶尖，
抖擞精神一齐上，
胜利就在手跟前。

为自由和平作战，
把战争连根拔断。
日本的兄弟们放下你的枪，

你们的官长是真正的罪犯。

一九四四,一二,四

原载 1944 年 12 月 16 日《解放日报》

录自 1946 年 9 月 15 日张家口文协分会"和平野营"印行的《延安集》

我们要的是这样个社会

我们要的是这样个社会：
凡是劳动的都享有政权，
就连那些个家庭的奴隶，
整天家做了工还倒贴工钱。

我们要的是这样个社会：
军人们就像那门神一样，
他们的脸面永远是向外，
不打内战也不扣军粮。

一九四五,六,六
录自 1946 年 9 月 15 日张家口文协分会"和平野营"印行的《延安集》

渡荒年

好劳动打井渡荒年，
懒汉眼看着荒了田。

今年大旱水浇地，
明年大涝种菜园。

不是我们懒，
我们种的是山坡田。

要叫人人都过得去，
川田，山田要好分配。

一九四五，七，五
录自 1946 年 9 月 15 日张家口文协分会"和平野营"印行的《延安集》